요리의악마

요리의 악마 6

가프 현대 판타지 장편소설

초판 1쇄 찍은 날 § 2022년 10월 3일
초판 1쇄 펴낸 날 § 2022년 10월 10일
지은이 § 가프
펴낸이 § 서경석

총괄팀장 § 황창선
편집책임 § 양준
디자인 § 스튜디오 이너스

펴낸곳 § 도서출판 청어람
등록번호 § 제387-1999-000006호
등록일자 § 1999. 5. 31
어람번호 § 제1-3192호

본사 § 경기도 부천시 부일로 483번길 40 서경B/D 3F (우) 14640
편집부 § 서울특별시 구로구 디지털로 272 한신IT타워 404호 (우) 08389
전화 § 02-6956-0531 팩스 § 02-6956-0532
http://www.chungeoram.com
E-mail § chungeorambook@daum.net

ⓒ 가프, 2022

ISBN 979-11-04-92456-9 04810
ISBN 979-11-04-92433-0 (세트)

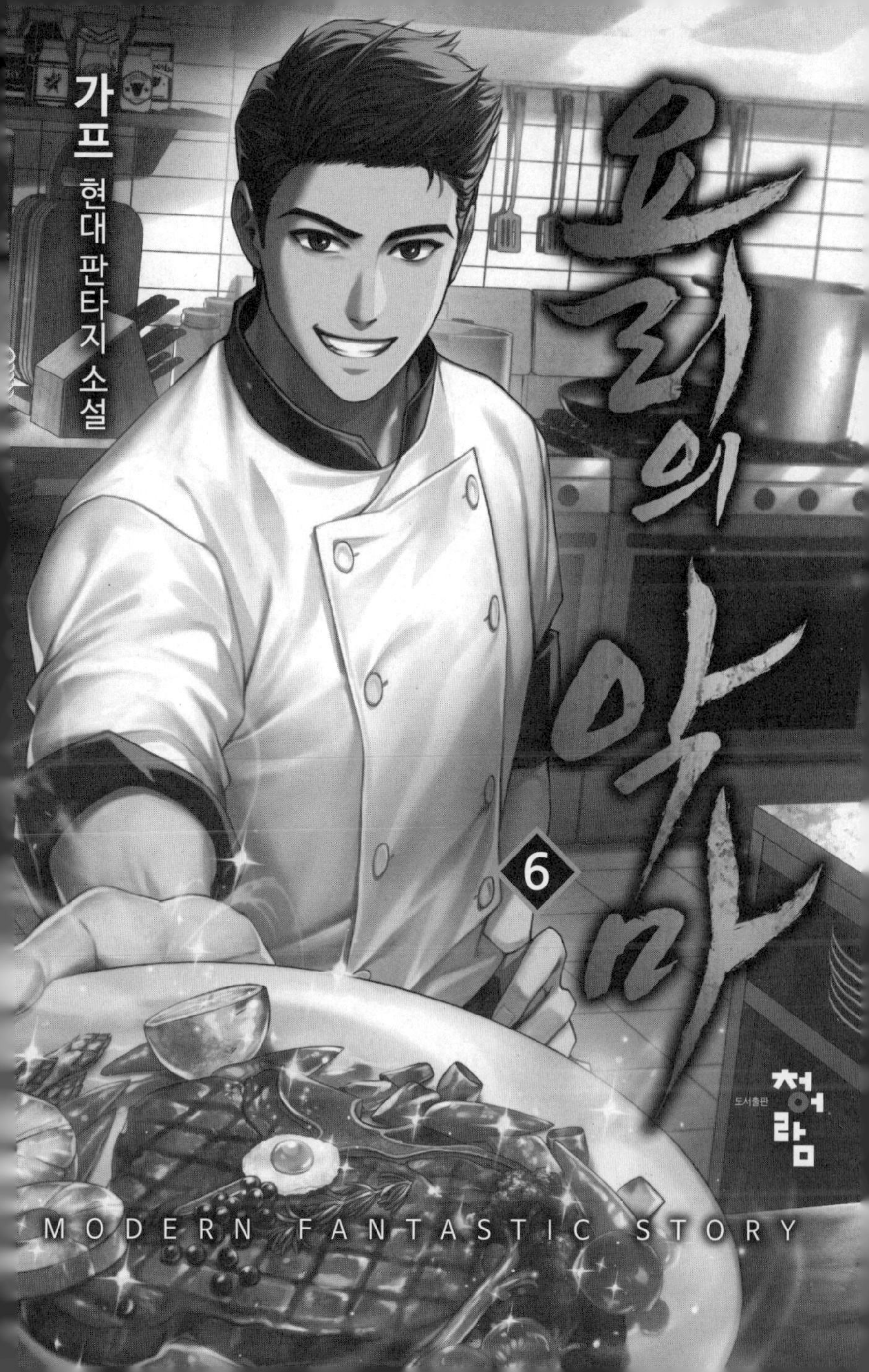
가프
현대 판타지 소설
요리의 악마
6
도서출판 청어람
MODERN FANTASTIC STORY

목차

제1장

—

지미무미 – 최고의 맛은 무미無味 II

　이건 생선 파트 이지용이었다. 이지용의 스테이크를 생선으로 바꾼 것과 닮았다. 주방 관리인의 말에서 그걸 알았다. 많은 셰프들이 고래와 상어, 참치로 상차림을 했다. '큰' 고기에 매몰된 것이다.

　상어 고기도 천대를 받기는 한다. 심지어는 지느러미만 자르고 버려지는 상어도 많고 철갑상어 같은 경우에도 캐비어만 우대였다.

　그렇게 천대를 받아도 개복치보다는 우월했다. 개복치야말로 하층민들의 허기를 때우던 생선이었으니 한마디로 생선의 '반열'에 끼워 주지도 않았다.

　비주얼부터 그랬다. 개복치는 어찌 보면 기형이나 심해 어류처럼 보인다. 머리만 있고 꼬리가 없어 보이기 때문이다. 심지어는 꼬리지느러미조차 없다.

맛도 없다. 그냥 무미하다. 천대받는 게 이상할 것도 없었다.

천대는 아귀와 동급이었지만 아귀는 반전을 이루었다. 이제는 대우를 받는다. 하지만 개복치는 여전히 찬밥 신세를 면치 못하고 있었다.

이유는 역시 무미 때문이다.

그 신세에 햇빛이 들기 시작했다. 개복치의 살에 대량 함유된 콜라겐 때문이었다.

게다가 모든 부위가 무미한 것도 아니었다. 껍질은 감칠맛이 좋다. 내장은 소 내장에 비유될 정도로 맛과 식감이 괜찮았다.

"저기요."

주방 관리인에게 추가 주문을 했다. 개복치 한 마리였다.

요리는 조찬으로 정했다.

서양이라면 저녁 파티가 어울리겠지만 중국은 아시아였다. 생일상은 아침에 차려 주는 게 나았다.

호텔로 와서 잠시 눈을 붙였다. 아침을 차리려면 자정이나 새벽에 요리를 시작해야 하기 때문이었다.

삐로로롱.

얼마가 지나자 룸 전화기가 울었다. 목청을 가다듬고 전화를 받았다.

"웨이 닌하오?"

―송 셰프님 접니다.

목소리의 주인공은 단문창이었다.

"셰프님."

―상하이에 도착했다고요?

"네."

―뵈러 가야 하는데 오늘, 내일 중요한 예약이 있네요.

"괜찮습니다. 내일 제가 뵈러 가겠습니다."

―그러면 요리 한 접시 준비해 두겠습니다.

"언제 가야 편하시죠?"

―아무래도 점심과 저녁 사이겠죠.

"알겠습니다."

―주소는 문자로 보내 드리겠습니다. 쉐 회장님 집에서 택시로 1시간 정도 걸립니다.

"네."

―펑 여사님은 뵈었습니까?

"네, 잠들어 계시더군요."

―미안합니다. 중국 사람 요리는 중국 셰프들이 책임을 져야 하는데…….

"별말씀을요."

―아마 제가 만나 뵈었을 때보다도 더 힘들 겁니다. 곡기라는 게 오래 충족되지 않으면 잘 반응하지 않을 수 있거든요.

"공감합니다."

―쉐 회장님 집안에서 식성에 대한 힌트는 들으셨겠죠?

"어릴 때 큰 물고기를 잘 드셨다고 하더군요."

―상어 같았다고 해요. 저는 상어와 참치요리를 동원해 펑 여사님 시대에 유행한 방식으로 요리를 올렸습니다. 중국요리에 해

박하시니 아시겠지요?

"그때쯤이면 음식물의 정수를 합치는 것 말이군요. 채소는 중심을 넣어야 하고 생선은 꼬리까지, 버섯은 많이 넣고 계란 노른자는 제외하고……."

─어이쿠야, 역시 아시는군요.

"그래도 안 드시던가요?"

─쳐다만 보시고 마시더군요. 바바오판까지 정성껏 곁들였는데……

바바오판은 연밥이나 대추를 비롯한 여덟 가지 과일에 얼음사탕을 넣고 지은 찹쌀밥이다. 웬만하면 좋아하는데 그조차 외면이라니……

─혹시나 참고가 될까 해서 드리는 말입니다.

"많은 도움이 되었습니다."

─그럼 무운을 빌고요, 내일 뵙겠습니다.

단문창의 통화가 끊겼다.

단문창.

그의 시도는 빗나갔지만 윤기에게 도움이 되었다.

바바오판.

연로한 할머니들은 이런 말을 자주 했다.

흰 쌀밥에 쇠고기.

가난한 시대에는 그게 진수성찬의 대표였다. 바바오판이라면 한국의 흰 쌀밥에 견줄 수 있었다.

이것으로 멋을 내는 경우도 있었다. 이름하여 시과중(西瓜盅)이었으니 수박을 그릇 형태로 만들어 바바오판을 담아냈다.

1930년대…….

안드레아가 했던 중국요리 공부가 스쳐 간다. 그때의 가난한 사람들이라면 워워터우를 기억한다.

옥수수 가루와 수수 가루 등의 가루를 빚어서 찐 음식이다. 빈자들도 그것으로 시과중을 만든다.

수박이 비싸니 호박이 쓰인다. 워워터우를 호박에 넣고 찌면 호박의 상쾌하고 달달한 맛이 배는 데다 수박 흉내도 낼 수 있었다.

"단 셰프님."

다시 전화를 연결해 확인에 들어갔다.

―펑 여사의 지역이라면 예전에 바바오판 많이 먹은 거 맞습니다.

'아.'

확인과 함께 윤기가 무릎을 쳤다.

아까 그 소변 냄새…….

돌아보니 옥수수수염 냄새였다. 옛날 사람들은 옥수수수염을 대충대충 떼어 내고 쪘다. 먹을 때도 대충 같이 먹어 치운다.

[가난한 사람들의 주식 워워터우]

힌트 하나를 더 건지는 윤기였다.

"셰프님."

윤기가 도착하자 주방 관리인이 문을 열어 주었다. 밤 10시가 조금 넘은 시간이었다.

"이리 주세요."

윤기가 사 온 물건도 받아 든다.

"말씀하신 대로 쉐 회장님께는 말씀드리지 않았습니다."

"잘하셨어요."

윤기가 답했다. 가만 생각해 보니 필요한 육수가 있었다. 제대로 내려면 시간이 걸린다.

새벽에 와서는 어려웠다. 육수는 마리네이드처럼 진공으로 시간을 당길 수도 없었다.

"더 필요한 건 없습니까?"

관리인이 물었다.

"없어요. 수고하셨고요."

"혹시라도 필요한 게 있으면 언제든 연락하세요."

관리인이 물러갔다.

새 수조가 보였다. 그 안에 개복치가 있었다. 너무 크지 않은 걸로 부탁했지만 역시나 어마어마한 포스였다. 2m 가까운 사이즈에 200㎏도 넘을 것 같았다.

몰라몰라.

윤기가 중얼거렸다. 커서 어쩔지 모르겠다는 게 아니다. 몰라(Mola)는 개복치의 학명이었다. 저 덩치로 일광욕을 즐긴다. 바다 위로 올라와 옆으로 누워서는 한가롭게 유영하는 고상한 취미를 가졌다.

해체도 쉽지 않다. 껍질이 두껍고 튼튼한 데다 질기고 거친 까닭이었다.

그냥 보면 딱 사포를 둘러 놓은 것 같았다. 그렇기에 해파리를 주식으로 먹으면서도 해파리의 독에도 끄떡이 없는 몸이다.

역아의 시대에는 도끼로 해체를 했다. 지금은 물론 전기톱으로 해결한다.

쉐 회장의 주방이 좋긴 하지만 전기톱까지는 없었다. 사시미칼을 집어 들고 아가미 아래에서 배를 따라 공략했다.

개복치는 곧 살과 뼈, 내장, 껍질로 분류가 되었다. 살은 정말이지 하얀 눈더미 혹은 청포묵 덩어리를 보는 것만 같았다.

그걸 보다가 또 하나를 알게 되었다. 바로 쉐 회장이 미식가가 된 비밀이었다.

그 기원은 펑 여사의 유전자였다. 펑 여사가 좋아한 개복치. 비밀은 바로 무미였다.

무미가 미식가 유전자라고?

윤기는 답은 YES였다.

중국에서 최고의 맛으로 꼽는 진미는 무엇일까?

[샥스핀, 제비집]

몇 가지가 꼽히지만 이 두 가지는 절대 공감이었다. 누구도 부인하지 않는다. 그런데 이 두 가지의 공통점이 바로 무미였다.

이들 두 가지는 별다른 맛이 없어 각광을 받았다. 중국에서 최고로 치는 맛. 그게 바로 지미무미(至味無味), 즉 최고의 맛은 아무런 맛도 없다는 뜻이었다.

[개복치]

위의 두 가지가 황제나 귀족들의 지미무미였다면 개복치는 바로 가난한 자들의 지미무미였다. 그러고 보면 신은 공평하다.

바로 육수 제작에 들어갔다. 머리뼈와 나머지 뼈를 숯불에 구운 후 물에 넣고 끓였다. 솥은 구리 재질의 노구솥을 택했다. 다시마와 새우, 관자를 볶아 넣고 도미도 통째로 구워서 넣었다.

마무리는 옥수수수염 한 주먹으로 장식을 했다. 따로 준비한 말린 표고는 불에 불려 두었다. 우린 물을 나중에 더할 생각이었다.

살덩어리는 다른 불에서 삶았다. 펄펄 끓는 물이 좋다.

치이잇.

물에서 하얀 수증기의 몸서리가 일었다.

벌겋게 타는 숯덩어리 세 개를 투하한 덕이다. 노구솥과 숯덩어리가 만나면 기름 누린내가 사라진다. 다른 방법이 많지만 그 시대에 맞춰 진행을 했다.

살 자체의 식감은 야들야들에 탱글탱글 쪽이다. 젤라틴 덩어리다 보니 곤약과 비교할 수 있다. 그것보다도 더 쫄깃한 편이었다.

보통은 삶아 낸 후에 양념장이나 초장에 찍어 먹는다. 아무 맛도 없다 보니 양념 맛으로 먹는 것이다. 윤기는 대주간슬 포 스로 방향을 잡았다.

대주간슬은 두부 요리다. 두부를 실처럼 가늘게 썰어 내는 것. 그걸 응용할 생각이었다.

그러나 생일이다. 그것도 중국 최고 재벌의 하나로 꼽히는 사 람의 어머니. 게다가 어쩌면 마지막 생일. 단순히 가늘게 써는 것만으로 만족할 일이 아니었다.

사람의 마음은 변한다. 당장은 먹기만 하면 좋겠다지만 일단 먹으면 생각이 바뀐다. 윤기는 초빙 셰프였으니 기대치가 높을 일이었다.

샥스핀과 제비집을 부재료로 동원했다. 두 재료 입장에서는 땅을 칠 일이다.

어쨌든 개복치와 잘 어울렸다. 하긴 샥스핀이나 제비집의 용 도가 그랬다. 별맛이 없다 보니 주재료보다는 다른 요리에 첨가 되는 방식의 요리가 주였다.

마지막은 역시 옥수수 가루를 주력으로 하는 워워터우였다. 거기다 쓸 수박에 기타 재료까지 챙기니 준비는 완료되었다.

그때 재미난 재료가 눈에 띄었다. 황금빛의 동충하초였다. 한 쪽을 잘라 먹어 보니 품질이 좋았다.

동충하초는 하늘을 향해 날아오를 기세다. 새하얀 개복치와 황금빛의 동충하초 줄기들. 재미난 가니쉬가 될 것 같아 픽업을 했다.

[개복치 장국수]
[제비집+샥스핀 수프]
[수박으로 쪄 낸 워워터우]
[섬초와 샐서피 퓌레를 곁들인 개복치 대창구이]
[개복치 간과 껍질로 만든 테린]

요리는 다섯 가지로 정했다. 섬초와 샐서피를 퓌레 재료로 쓴 건 개복치가 바다 생선이기 때문이었다.

섬초는 바닷바람을 맞으며 자란다. 샐서피는 달달한 데다 굴 맛이 나니 개복치와 잘 어울렸다.

'국수부터 만들어 볼까?'

잘 삶아진 개복치살을 꺼냈다. 야들야들한 게 딱 청포묵 수준 이다. 네모지게 잘라 낸 다음 물기를 닦았다. 여기로 들어간 칼 이 예술이었다.

포를 뜨되 그 칼날은 덩어리의 1㎜ 앞에서 멈췄다. 칼을 빼 반 대편에다 넣고 다시 진행. 이렇게 지그재그 포를 떠서 펼치고 포 를 뜬 방향으로 썰어 내니 길고 긴 가락으로 변신을 했다. 그 넓 이는 대주간슬에 버금가는 가늘고 가는 실자락. 길이는 키를 넘 으니 장국수로 손색이 없었다.

그사이에 창밖이 밝아 왔다.

"셰프님."

쉐쓰총이 들어섰다. 그도 새벽처럼 일어난 모양이었다.

"회장님."

윤기가 예의를 갖추었다.

"밤을 새우셨군요?"

"육수를 내야 해서요."

"저런, 관리인 이 친구……."

"탓하지 마십시오. 눈은 미리 붙이고 나왔고 요리의 과정은 요리사의 기쁨이니까요."

"그래도 그렇지……."

"제가 회장님 숙면을 방해했나 보군요?"

"아닙니다. 원래 일어나는 시간이에요."

"그럼 개운한 육수 한잔하시겠습니까?"

"그럼 좋지요."

쉐쓰총이 사양하지 않으니 개복치 육수를 한잔 권했다.

"굉장히 담백한데요? 속이 편해지는 것 같습니다."

"입에 맞으시니 다행입니다."

"나오면서 보니 어머니가 깨셨더군요. 아마 요리를 기다리시는가 봅니다."

쉐 회장은 덕담을 끝으로 주방을 나갔다.

그사이에 해가 솟았고 관리인이 들어왔다.

윤기도 마감에 들어갔다. 테린을 썰어 내고 원주형으로 쪄 나온 워워터우를 수박에 담았다.

수박은 작은 것을 골라 목이 살짝 나온 접시 높이로 잘랐다. 그래야 워워터우가 잘 보이기 때문이었다. 그대로 찜통에 넣었다. 김이 오를 때 꺼내면 끝이다. 그 정도면 수박 맛이 배어들 수 있었다.

대창구이는 튀긴 새우껍질 '파우더'를 두르고 두 퓌레를 곁들였다. 새우껍질의 빨강과 섬초의 초록 사이에서 노란 샐서피 퓌레가 중심을 제대로 잡아 주었다.

동충하초는 흰 거품 위에 가지런히 세웠다. 동충하초 자체가 신이함이 깃들었으니 마치 생명의 몸짓처럼 보였다.

그리고.

맨 앞은 투박한 개복치 덩어리로 장식했다. 화지아오를 넣어 혀가 얼얼해지는 중국 소스를 더했는데 시골 할머니가 툭툭 썬 것처럼 볼품이 없었다.

"준비되었다고 전해 주세요."

초록 연잎 위에 수박 워워터우를 꺼내 놓은 윤기, 비로소 요리의 끝을 알렸다.

"큰 사모님도 준비가 되었답니다."

관리인이 소식을 전해 왔다.

카트를 끌고 가려던 가정부가 개복치 덩어리를 바라본다. 신경이 쓰이는 눈치다. 다른 요리와 어울리지 않는 비주얼 때문이었다.

"괜찮습니다."

윤기가 사인을 주었다.

요리는 펑 여사가 먼저였다. 쉐 회장과 아들은 그다음에 먹기로 되어 있다.

가정부가 카트를 밀고 윤기가 뒤를 따랐다. 카트는 테이블을 겸한 것이라 보통의 것과 달랐다.

펑 여사 방의 문은 열려 있었다.

"할머니."

쉐궈민이 앉아 있는 펑 여사를 부축하며 요리를 가리켰다. 옆에는 쉐 회장 부부와 의사가 포진을 했다. 요리가 펑 여사 코앞에 도착했다.

펑 여사가 천천히 시선을 들었다. 그 눈이 윤기의 요리로 향한다. 다른 건 몰라도 시선은 제대로 끌었다. 맨 앞의 덩어리 때문이다. 대충 썰어 담은 개복치 살점들. 누가 봐도 셰프의 솜씨는 아니었다.

그런데, 펑 여사의 눈은 그 덩어리에 먼저 꽂혀 있었다. 윤기가 고무된다. 그게 바로 윤기의 승부수였다.

끄윽.

횡격막이 올라오면서 트림을 하나 싶더니 이 할머니, 표정이 무거워졌다.

결과는 외면이다. 그냥 누워 버리고 말았다.

"할머니, 저 셰프님이 굉장한 분이세요. 제 쓴 입맛도 먹을 수 있는 요리를 만들었다니까요. 그러니 맛을 좀 보세요."

쉐궈민이 펑 여사를 재촉한다. 펑 여사는 손을 내저었다. 쉐 회장의 표정이 어두워졌다.

역시…….

회장의 표정 속에 담긴 말이었다.

"수고했어요."

쉐 회장의 목소리가 무거웠다. 윤기에게 내리는 실패의 선언이었다.

하지만.

윤기는 그 위기 속에서 오히려 희망을 보고 있었다.

"잠깐만요."

카트를 밀고 나가려는 가정부를 막았다.

"회장님."

윤기가 쉐 회장을 돌아본다.

"미안해하지 마세요. 어머니도 먹고 싶은 눈치였으니……"

"그럼… 어제는 주무시고 계셔서 인사를 제대로 못 드렸으니 인사나 드리고 가겠습니다."

"그러세요."

쉐 회장이 수락하자 윤기가 나섰다.

"펑 여사님."

자세를 낮추고 펑 여사의 두 손을 잡았다. 대나무 같은 손가락이었다.

"개복치와 워워터우입니다만."

설명하는 동안에도 윤기의 손은 남몰래 움직였다. 그때마다 펑 여사의 미간이 파르르 부분 반응을 했다.

"워워터우에 옥수수 가루를 많이 넣고 쪘습니다. 그런 다음에 수박에 넣고 뜨거운 김을 입혔고요. 수박 향이 잘 배어 맛이 좋습니다."

"……"

"개복치 많이 드셨죠? 그것도 요리로 만들었습니다. 뼈와 껍질을 함께 고아 낸 육수가 개운합니다. 개복치는 껍질과 내장 맛이 일품이라는 거 아시죠?"

"……"

몇 번이고 손가락을 주무른 윤기가 펑 여사를 끌어안았다. 윤

기의 두 손은 이제 펑 여사의 등에 있었다. 거기서도 손가락은
쉬지 않았다.

"개복치로 만든 국수, 드셔 보셨나요?"

"……."

"개운한 육수에 말아 별미입니다. 한 그릇 드시면 옛날 기억
이 날 겁니다."

"송 셰프님."

쉐 회장의 목소리가 묵직해졌다. 이제 그만하라는 의미였다.

"생신에는 국수가 제격이죠. 그러니……."

"송 셰프님."

다시 견제구가 날아올 때였다. 펑 여사의 배에서 강물 흐르는
소리가 들렸다.

등을 잡은 윤기의 손이 한 번 더 움직였다. 그러자 힘찬 트림
까지 넘어왔다.

꾸르륵.

"생신상 올릴까요?"

한 발 물러선 윤기가 물었다. 어느새 여유가 넘치는 윤기였
다.

펑 여사가 손을 들어 올린다. 모두의 시선이 쏠린다. 그 손의
지향은 요리 카트였다.

끄덕.

손끝이 움직였다. 가까이 가져오라는 신호였다.

"할머니?"

쉐궈민이 펑 여사의 의향을 체크했다.

끄윽.

여사의 대답은 트림으로 나왔다. 겨우내 얼었던 시냇물이 녹으면서 들리는 졸졸졸, 상큼한 소리. 그 소리가 배에서 나고 있었다. 그게 신호였을까? 펑 여사의 눈이 다시 요리로 향했다. 여전히 맨 앞의 덩어리였다.

"부탁합니다."

윤기가 쉐귀민을 바라보았다. 눈치를 차린 쉐귀민이 숟가락을 들었다.

펑 여사의 손이 덩어리를 가리킨다. 하고 많은 요리 중에 하필이면 대충 썰어 놓은 듯한 개복치 덩어리…….

"한 점 드리세요."

윤기가 사인을 보내자 쉐귀민의 손이 움직였다. 펑 여사의 손이 손자의 손을 잡아챈다. 그 바람에 덩어리가 떨어져 버렸다. 펑 여사의 눈빛이 급해졌다.

다시 한 점을 받아 물더니 눈을 감고 우물거린다. 모두의 시선이 겨눠진다. 펑 여사는 다 씹지도 않고 넘겨 버렸다. 딱딱한 재료가 아니니 문제 될 것도 없었다.

"이제 국수를 드리세요."

윤기가 다시 말했다. 국물이 시작이었다. 절반쯤 떠서 펑 여사의 입 가까이 가져가자 아기 새처럼 입을 벌렸다.

"……?"

국수를 집던 쉐귀민이 소스라쳤다. 바라보던 쉐 회장 부부의 눈도 휘둥그레진다. 의사와 가정부도 그랬다.

윤기의 국수, 믿기지 않게도 길었다. 높이 들어 보지만 끝이

보이지 않았다.

"송 셰프?"

"긴 국수는 한무제 때부터 내려오는 전통이잖습니까? 생일날은 면발이 긴 국수를 먹어야 장수를 하죠."

윤기가 웃었다.

"하지만 개복치로 어떻게?"

"대주간슬은 두부를 실처럼 쓸어 내는 요리입니다. 개복치도 그 못지않게 어렵지만 어머니를 위하는 쉐 회장님의 마음을 담아 제 재주를 다해 보았습니다."

윤기는 정중했다. 쉐 회장 부부의 시선이 펑 여사에게 돌아간다. 쉐궈민의 손이 바빠진다. 펑 여사 때문이었다. 길고 긴 국수를 잘도 받아먹었다. 면발은 야들야들 매끄러웠으니 끊고 삼키는 게 어렵지 않았다.

펑 여사는 쉴 새 없이 입맛을 다셨다. 국수 한 그릇을 다 비워 버렸다.

"이제 아무거나 드려서도 되겠습니다."

윤기가 고개를 끄덕거렸다.

쉐궈민의 선택은 제비집과 샥스핀 수프였다. 그도 좋아하던 요리였다. 그런데 두 가지만 있는 게 아니었다.

그 안에도 개복치 살을 저며 놓았다. 펑 여사의 입맛에 제대로 맞았다. 개복치 테린도 먹고 대창구이도 두 점이나 먹었다.

마지막 마무리는 수박으로 쪄 낸 워워터우 한 조각. 그다음에 장국수의 육수를 두어 숟가락 먹더니 흡족한 미소와 함께 자리에 누웠다.

"맙소사."

쉐 회장은 믿을 수가 없었다.

"여보."

그 부인 눈빛도 그랬다.

"셰프님."

쉐귀민의 눈빛에는 더 큰 신뢰가 실렸다.

"어머니, 맛있게 드셨어요?"

쉐 회장이 펑 여사 손을 잡고 감격에 떨었다. 어깨가 흔들린
다. 거인도 혈육 앞에서는 어쩔 수 없는 것이다. 윤기는 그쯤에
서 물러났다. 셰프의 역할은 여기까지였다.

"셰프님, 대체 어떻게 된 겁니까?"

회장 가족을 위해 따로 차린 식탁에서 쉐 회장이 물었다.

"일단 요리부터 드시죠."

윤기가 요리를 가리켰다. 보기에는 펑 여사의 것과 같았다. 심
지어는 대충 썰어 놓은 덩어리 한 접시까지.

"말씀부터 듣고 싶습니다."

쉐 회장이 고집을 부린다. 오랜 시간 곡기를 끊었던 모친이었
다. 그 생일에 맛난 요리 한번 올리고 싶었다. 돈이라면 묻혀 죽
고도 남을 만큼 가진 쉐 회장. 그 소박한(?) 소망을 이제야 이룬
것이다.

"실은 쉐 총경리님 덕분입니다."

"제가요?"

윤기 말에 쉐귀민이 돌아보았다.

"제게 적절한 정보를 주지 않았습니까?"

"무슨 정보요?"

"펑 여사님이 상어처럼 큰 고기를 좋아하셨다고 하셨습니다."

"그건 어느 셰프에게나 했던 말입니다."

"어쨌든 거기에 길이 있었어요. 상어처럼 큰 고기… 그런데 상어 고기에는 별 관심이 없었고… 그렇다면 다른 종류는 무엇이 있을까요? 다른 셰프들이 놓친 모양인데 이 개복치… 상어 못지 않게 큰 어류죠. 게다가 별맛이 없어서 가난한 사람들이 먹던 거였고요."

"……?"

"그 말도 하셨잖습니까? 펑 여사님 대에는 가난했다고……."

"아……."

"여사님 체취를 맡아 보니 두 가지 맛이 남았더군요. 미세한 상어고기 향과 옥수수 냄새… 개복치도 상어 고기 냄새 비슷한 향이 있거든요. 굉장히 미세하기는 해도요."

"그걸 맡았단 말입니까?"

쉐 회장이 물었다.

"장 앙텔름 브리야사바랭이라고 아주 유명한 분이 그런 말을 했습니다. 네가 먹은 음식을 말하면 네가 어떤 사람인지 말해 주겠다. 인간의 몸은 그가 먹은 음식이 차곡차곡 쌓인 레고 블록과도 같으니 가장 많이 먹은 음식 냄새가 안 날 수 없습니다."

"맙소사."

"게다가 나이를 먹으면 추억 속에 살기를 좋아하죠. 옛날 일들, 옛날 물건들, 그리고 옛날에 먹던 음식들… 그 앞에 놓인 투박한 개복치살… 그때의 보통 사람들은 개복치를 그런 방식으로 먹었을 테니 여사님의 식욕 발동에 촉매로 사용했습니다."

"그런데 왜 처음에는 거부했을까요?"

이번에는 사모님이 물었다.

"여사님께는 적체의 기운이 있었습니다."

"적체라고요?"

"병약한 몸으로 이것저것 시도하면서 체해 버린 겁니다. 그게 소화관에 걸려 있으니 생각은 있되 위장이 거부를 합니다. 그래서 포기해 버리신 거죠."

"주치의는 그런 말이 없었어요."

"적체 같은 건 큰 병이 아닙니다. 본인에게만 고질이죠. 게다가 다른 큰 병이 있으니 의사는 몰랐을 겁니다. 그래서 저도 말하지 않은 거고요. 만약 제가 그런 말을 했다면 주치의가 저를 내보냈을 수도 있었을 겁니다."

"그래서 할머니를 그렇게 오래 껴안으신 겁니까? 그때 뭔가를 하셨군요?"

쉐귀민이 촉각을 세웠다.

"여러분도 다 아시는 소화 혈자리 몇 개를 짚었던 것뿐입니다. 손의 사관혈과 등의 격수혈… 얼굴과 부은 손발, 명치를 잡고 트림을 하려는 모습… 그건 적체 때 보이는 반응이었거든요."

"중의학도 공부하신 겁니까?"

"중의학까지는 아니고 체기와 딸꾹질처럼 식사에 문제가 되는 공부는 좀 했습니다."

"와우, 이 셰프님 정말……."

쉐궈민이 감탄사를 쏟아 냈다.

"이거 정말 귀인을 모셨군요. 셰프님이 아니면 누구도 못 해낼 일이었습니다."

쉐 회장도 치하를 아끼지 않았다.

"그러시면 이제 요리를 드셔 보시죠. 아마 입맛에 맞을 겁니다."

"하지만 저는……."

쉐궈민이 윤기를 바라보았다. 그는 모든 요리를 쓴맛으로 느끼기 때문이었다.

"걱정 마세요. 총경리님 것은 서울에서와 같은 조치를 했습니다. 회장님 것도 따로 맛을 냈고 사모님 것도 마찬가지입니다."

"그렇다면야……."

쉐궈민이 요리를 앞으로 당겼다.

"음… 개복치… 별맛은 없지만 그게 또 맛이 되는데?"

"가만히 음미하니 잔잔한 감칠맛이 있는 것도 같아요."

쉐 회장의 말에 사모님이 화답한다.

"저는 쓰지 않으니 그것으로 만족합니다. 나중에 이 병이 나으면 송 셰프님을 찾아가 제대로 먹어 봐야겠습니다."

이상 미각을 잃고 있는 쉐궈민, 어깨를 으쓱해 보였다.

"이상하군."

식사를 마친 쉐 회장이 고개를 갸웃거렸다.

"뭐가 말입니까?"

쉐궈민이 물었다.

"개복치 말이다. 솔직히 맛은 없지. 그런데 제비집 샥스핀 수프 속에 든 걸 먹으면서 맛이 느껴지기 시작했어. 무미한 속에 숨겨진 맛의 정수… 뭐라 표현하기는 힘든데 매력이 있어."

"그래요?"

"대창구이는 소 내장에 못지않고… 그보다는 맛의 강도가 좀 떨어지기는 하는데 그래서 더 매력이랄까?"

"……."

"그 절정이 바로 개복치 테린. 간과 껍질로 만드셨다고요?"

쉐 회장이 윤기를 바라보았다.

"네."

"그래도 어류인데 잡내조차 없고……."

"황금 숯을 썼으니까요."

"황금 숯이라고요?"

"구리솥에 벌겋게 달아오른 숯을 넣고 데쳐 내면 누린내가 사라지거든요."

"맙소사, 진짜 황금 숯이로군요. 색깔도 작용도."

"네."

"진짜 별미입니다. 다들 푸아그라 테린에 환호하는데 그게 도시의 맛이라면 이건 산골의 진미랄까? 입가심으로 딸려 나온 사보이 양배추도 환상이에요. 간과 껍질의 지방에 볶았죠?"

쉐 회장은 맛을 안다. 지방과 양배추는 좋은 궁합이 될 수 있다. 안드레아의 창작으로 푸아그라에 감아 쪄 낸 적이 있었다.

미식가들에게 양배추의 새로운 매력을 알려 준 날이었다. 그렇기에 개복치의 지방에 볶아 낸 윤기, 그 맛을 알아주는 쉐 회장이었다.

"맞습니다. 양배추는 지방을 살짝 흡수하면 매력적인 맛으로 변하죠."

"저는 워워터우가 별미였어요. 이 구황 음식이 수박을 만나니 요리가 되네요. 게다가 동충하초를 이렇게 장식하시다니……."

사모님도 소감을 보태 놓았다.

"송 셰프님."

쉐 회장이 시선을 들었다.

"예."

"이거 먹어 보니 정말 명물인데요? 허투루 볼 요리가 아닙니다."

"펑 여사님 덕분입니다."

"어머님요?"

"아까 말씀드리지 않았습니까? 요리가 사람의 몸을 만든다. 어머니의 몸은 곧 유전자를 뜻하죠. 그러니 회장님의 미식은 펑 여사님에게서 왔습니다."

"……?"

"펑 여사님은 개복치를 좋아하셨죠. 개복치는 샥스핀이나 제비집처럼 지미무미의 맛을 가집니다. 달리 말하면 가난한 어머니로서는 최고의 맛을 축적하신 거죠. 지미무미 말입니다."

"오."

쉐 회장의 심장이 출렁거렸다. 윤기의 이론은 틀린 곳이 없었다. 식재료의 평가는 변한다. 언젠가는 샥스핀이 나쁜 식재료가 되고 개복치가 그 자리를 차지할 수도 있었다. 무미의 맛으로 보면 자리를 바꿔도 문제가 없을 일이었다.

"지미무미……."

"워워터우의 맛은 수박 때문이 아니라 육수 때문입니다. 개복치의 육수로 반죽을 했거든요. 수박은 단지 당시 가난한 사람들에 하나의 로망이었던 시과중의 형식을 빌린 것뿐입니다."

"어머, 그래요?"

짝짝.

쉐 회장아 일어나 박수를 보내 왔다. 쉐궈민도 기꺼이 합류했다.

지미무미(至味無味).

부인할 수 없는 진리였다. 최고의 맛은 아무런 맛도 없다. 그것은 곧 큰 바람은 소리가 없다는 말과도 통한다. 그게 쉐 회장의 가훈이었다.

쉐 회장의 모친 생신 요리는 대성공이었다. 쉐 회장 부부와 쉐궈민도 만족시켰다. 덕분에 멋진 전리품을 얻었다. 신농기업 집단 임직원들의 리폼호텔 힐링 숙박이었다. 2박 3일 여정으로 500여 명을 약속해 주었다. 윤기가 보는 앞에서 예약도 마쳤다.

리폼은 내부 수리 중이지만 새 오픈 후의 예약은 문제가 없었다.

쉐궈민도 그냥 있지 않았다. 그의 기업에서도 50여 명을 보내기로 했다. 쉐 회장 부부도 머잖은 날, 방문을 약속했다. 귀빈까지 모시고 오겠다니 기대되는 일이었다.

쉐 회장이 지불을 약속한 출장 요릿값은 무려 100만 위안이었다. 흔쾌히 주는 것이니 기꺼이 받았다.

100만 위안이면 대략 2억 원에 수렴하는 거액. 호텔 운영비에 도움이 될 일이었다.

인사를 마치기 무섭게 단문창에게 향했다. 쉐귀민이 차량에 기사까지 내주었다. 최상급의 대우가 아닐 수 없었다.

*   *   *

"드세요."

여종업원이 요리 세팅을 마치자 단문창이 말했다.

"산타오야로군요?"

윤기가 물었다. 장소는 단문창의 음식점이었다. 오래된 나무와 돌로 만들어진 음식점은 고향집처럼 편안했다. 테이블조차 손때가 묻어 세월의 내공이 수려해 보였다.

"아시는군요? 간단한 요리 하나 내려니 좀 무성의한 것 같아서요. 게다가 보스키 도르 결선 챔피언 아닙니까?"

"단 셰프님이 나가셨으면 저보다 더 멋진 요리를 만들었을 겁니다."

"겸손하지 않아도 됩니다. 무려 100점 만점의 요리였어요."

"기사를 보셨나요?"

"나중에 나온 동영상도 찾아봤죠. 평범에서 길어 올린 위대함. 그보다 멋진 요리가 어디 있을까요?"

"100점은 과했죠. 나중에 생각해 보니 어머니 위에 할머니가 있더군요. 그 맛을 놓쳤어요."

"너무 완벽하면 오히려 모자랍니다. 한 자리를 비워 두는 여유, 그게 최고의 맛일 수 있어요."

"차 맛이 깊고 은은합니다. 결합수를 쓰셨나요?"

"그렇게 어려운 말은 모릅니다. 그저 하던 대로 질항아리에 넣고 소나무로 불을 땐 것뿐."

"셰프님다운 차향입니다."

"요리부터 드시죠. 저는 저녁 요리 하나 준비하고 나오겠습니다."

"그렇게 하시죠."

윤기가 답하자 단문창이 일어섰다.

단문창의 음식점.

단문창의 향이 났다.

그의 음식점이니 당연하지 않냐고?

그렇지 않다. 많은 셰프들이 있지만 모두가 자기의 향을 간직하는 게 아니었다. 이도 저도 아닌 셰프도 많았고 향조차 없는 사람도 많았다.

오리를 살며시 갈랐다.

산타오야는 17마리의 새를 넣은 서양 요리를 닮았다. 1811년으로 기록되어 있다.

그에 비하면 종류가 적다. 오리 안에 닭을 넣고 닭 안에 비둘기를 넣었다. 조금 더 무리하면 메추리를 넣고, 그 안에 참새를 넣을 수 있다.

둘레에는 안춘단을 둥글게 장식했다. 안춘단은 메추리 알이다. 마치 비둘기가 알을 낳은 것처럼 보였다.

이 요리의 핵심은 비둘기다. 오리의 맛이 닭에 배고 그 닭의 감칠맛이 비둘기 살에 뺐다. 그 밖의 다른 것은 일절 추가하지 않았다.

고기 맛으로 고기 맛을 업그레이드시켰으니 절정의 셰프가 아니면 시도하지 못할 일이었다.

다 먹으려 했지만 무리였다. 비둘기에 이어 닭의 절반, 그리고 오리의 절반만 먹어 치웠다.

요리가 이렇다. 맛이 있다고 해서 무한 폭식을 할 수는 없는 일이었다.

"어때요?"

그때쯤 단문창이 나왔다.

"비둘기 고기에 밴 오리와 닭의 감칠맛, 자연스레 합치된 맛이 다시 밖으로 향하며 이룬 풍미가 압권이었습니다."

"송 셰프의 지미무미만 하겠습니까? 세상에 개복치라니……."

"셰프님이 알려 주신 바바오판도 큰 역할을 했습니다."

"아니에요. 나는 개복치는 상상도 못 했습니다. 그런데 이야기를 듣고 보니 뜨끔하네요. 자연의 맛을 추구한다면서 지미무미를 잊었습니다."

"저도 처음부터 안 것은 아니었습니다. 간절하다 보니 운 좋게……."

"겸손은 그만하고 그 신기의 요리 맛 좀 보여 주세요. 이런 기회도 흔치 않을 테니까요."

단문창이 주방을 가리킨다. 셰프들의 교류는 이렇다. 마음에

드는 셰프라면 기꺼이 주방을 내어 준다. 그 성의를 무시할 윤기
가 아니었다.

"안녕하세요?"

주방 직원은 셋, 정중히 인사를 하고 들어가던 중에 재미난
도구가 보였다. 아이들 장난감 바구니에 담긴 다양한 크기의 타
원형 캡슐이 그것이었다.

"조카들이 소꿉놀이할 때 쓰는 겁니다."

단문창이 웃었다.

"아이들 것이면 몸에 해로운 성분은 없겠군요?"

"그렇다고 들었습니다."

"제가 잠깐 써도 될까요?"

"그걸요?"

"네."

"다른 건 뭐가 필요할까요?"

"비둘기와 닭, 그리고 오리고기 조금 쓰겠습니다. 계란도요."

"마음대로 하세요. 다 쓰고 가서도 괜찮습니다."

단문창이 냉장고를 열어 주었다. 주방 직원들이 하나둘 모여
들었다.

계란이 먼저였다. 고이 풀어서 흰자와 노른자를 분리했다. 캡
슐 안에 더 작은 캡슐을 넣고 고정한 후에 그 틈 사이로 흰자를
흘려 넣었다.

같은 크기로 두 개 만들고, 조금 더 작은 크기로 네 개를 만
들었다. 빈 공간에는 돌을 넣어 무게중심을 잡은 후에 찜기에
넣었다.

이제 고기 다지기에 돌입했다. 세 가지 고기를 따로 다졌다. 소리는 음식점 분위기에 맞춰 고요한 박자로 갔다. 간은 소금만 했다.

찜기에서 캡슐을 꺼냈다. 하나하나 분리하자 얇은 흰자위 막만 남았다. 형태는 절반의 타원, 계란을 반으로 잘랐을 때 속이 빈 모습과 같았다.

그 내벽에 다진 고기를 바르고 조금 작은 흰자 막을 넣고, 그리고 또 한 번……

이제 둘을 서로 붙였다. 아까 분리해 둔 노른자가 접착제가 되었다. 그러자 커다란 거위알이 되었다.

거기 노른자를 바른 후에 튀김옷을 입혀 유채 씨 기름 속으로 투하했다.

촤아아.

기름에서 실바람 소리가 났다.

"드시죠."

마요네즈와 케첩을 섞은 소스를 더해 단문창 앞에 놓았다.

"거위알 튀김인가요?"

"네."

"셰프의 요리는 겉만 봐서는 알 수 없죠."

단문창이 요리를 갈랐다.

"……!"

그의 시선이 내용물에서 멈췄다. 반으로 갈린 거위알 튀김. 그 안의 풍경이 기가 막혔다.

거위알 한 겹에 거위살 한 겹, 조금 작은 알에 닭고기 한 겹, 그 마지막에는 비둘기 고기… 세 번이나 반복된 진미 안에 숨은 건 안춘단이었다.

"송 셰프."

"셰프님과의 멋진 인연에 바치는 제 선물입니다."

"맙소사, 어떻게 이런?"

"요리는 모양보다 맛이죠. 드셔 보세요."

"허어."

몸서리를 친 단문창이 시식에 들어갔다. 이것과 반대되는 요리는 있었다.

계란에 다진 고기를 감싸 튀겨 내는 것. 반으로 자르면 반숙 노른자가 흘러나오는 게 일품이다. 하지만 다진 고기를 계란 안에 넣는 건 단문창도 처음이었다.

"이거야말로 산타오야의 정수 아닙니까? 얇은 계란 막 사이사이에 끼워 놓은 산타오야의 새 고기들… 마치 최신 분자요리를 보는 기분입니다."

"셰프님 요리를 차용한 것이니 기분 나쁘지 않으시기를 바랍니다."

"말도 안 돼요. 산타오야야 널리 알려진 요리. 그러나 이건 맹세코 처음 보는 요리입니다."

"마음에 드시면 셰프님의 메뉴에 넣어 주세요. 그럼 영광이겠습니다."

"그것보다… 송 셰프."

단문창의 눈빛이 진지하게 변했다.

*   *   *

두 손님이 들어섰다. 여섯 살 남자아이와 어머니였다. 둘 다 귀태가 흐른다.

옛날이라면 황족, 그러나 중국도 시대가 변했으니 빅 스타 아니면 초상류층으로 보였다.

"송 셰프."

손님맞이를 끝낸 단문창이 주방으로 들어왔다.

"말씀드렸더니 너무 좋아하십니다."

"그래요?"

"얼마나 걸릴까요?"

"다 되어 갑니다."

"그래요? 판신위 님이 좋아하겠군요. 마침 허기가 지고 있다니."

판신위.

단문창의 고객 중의 한 사람이었다. 아버지 대부터 단골손님. 늘 먹던 단문창의 요리보다 윤기의 요리를 대접하고 싶은 단문창이 판신위에게 양해를 구한 것이다.

윤기는 단문창을 뒤로하고 마무리 단계로 들어갔다. 현재 두 가지 요리를 진행 중이었다. 하나는 아까 만들었던 거위알 튀김이었고 또 한 가지는 꿩이었다.

세 명의 주방 직원들은 할 일도 잊은 채 윤기를 보고 있었다. 그들이 존경하는 단문창을 꺾고 보스키 도르 결선에 나간 셰프. 그 결선에서 사상 최초의 만점 요리를 만들어 낸 사람.

그들에게는 다시없을 좋은 기회였으니 단문창도 뭐라 하지 않았다.

꿩은 통째로 뼈를 발라 요구르트에 재웠다. 마리네이드를 하고 세 개의 꼬치를 꽂아 넓게 펼쳤다. 따로 준비한 건 약소했다.

[올리브기름, 소금, 플뢰르 드 솔, 헛개 열매, 설탕, 베이킹소다]

다만 소금의 질은 좋았다. 저 유명한 브르타뉴와 플뢰르 드 솔 소금이었던 것. 플뢰르 드 솔은 소금의 꽃으로 불리는 고급품.

윤기는 천일염을 원했지만 손님의 격에 맞춰 달라는 단문창의 요청에 응했다.

한 장으로 펼쳐진 꿩고기. 무슨 요리를 할까? 직원들의 시선이 집중되었다. 올리브기름의 양이 애매했다. 튀김을 하기에는 적고 팬에 두르고 굽기에는 많았다.

더 의아한 아이템은 베이킹소다다.

데침에 사용하려면 채소가 필요한데 그것도 보이지 않았다. 의문은 바로 풀렸다. 윤기가 국자에 설탕을 녹인 것이다.

설탕을 녹여?

그럼 인기 드라마에 나왔던 그 달고나?

설마?

직원들이 눈빛을 나눌 때 그 설마가 펼쳐졌다. 호떡만 한 달고나 하나와 하트 모양으로 500원 동전만 한 달고나 두 개가 나온 것이다.

올리브 오일의 온도도 올라갔다. 190도가 되자 윤기의 요리가 시작되었다.

"……!"

직원들은 또 숨을 죽인다. 기다란 강철 꼬치를 이용해 꿩고기를 세로로 세운 윤기. 그 위로 뜨거운 기름을 뿌리기 시작했다.

기름을 맞은 꿩 껍데기가 쪼글쪼글 익어 갔다. 이 과정이 수십 회 반복되었다. 기름 속에 넣어 튀기는 게 아니라 뜨거운 기름을 끼얹어 익혀 내는 것. 단문창도 처음 보는 요리법이었다.

기름 끼얹기가 반복되자 껍질에서 황금빛이 돌았다. 황금 덩어리처럼 보이는 달고나 색깔이었다.

바삭.

달고나의 연상 때문일까?

한입 깨물면 그런 소리가 날 것 같았다.

그제야 꼬치를 돌려 뒷면 작업을 시작했다. 뒷면에 뿌린 기름은 앞면 횟수의 절반 정도.

그렇게 익힌 꿩은 소나무 숯불에 올려 기름이 흘러내릴 때까지 살짝 불맛을 입혔다.

마무리는 소금이었다. 푸른 솔잎을 한 줄로 깔더니 꿩고기를 올리고 브르타뉴와 플뢰르 드 솔을 우아하게 뿌렸다. 달고나도 동원되었다.

거칠게 갈아 낸 달고나 입자를 솔솔솔, 헛개나무 열매 입자도

솔솔솔. 어린 대나무 막대 끝에서 굳힌 하트형 두 달고나를 교차되게 꽂음으로써 플레이팅이 끝났다.

다른 접시에는 튀긴 거위알(?)이 담겼다. 그건 연잎 위에 장식하고 덮개를 덮었다.

"갑시다."

단문창이 윤기 등을 밀었다. 두 사람은 여종업원의 뒤를 따라 주방을 나갔다.

"판신위 님, 이 늙은이를 누르고 황금보스키상을 먹어 치운 송윤기 셰프입니다."

단문창이 윤기를 소개했다.

"아직 어린 분 같은데 대단하네요?"

판신위가 웃었다. 우윳빛 피부에 시원한 마스크를 가진 여자였다.

"단 셰프님이 양보를 하신 거였습니다."

윤기는 겸손했다.

"그런지 아닌지는 요리를 먹어 보면 아십니다. 제가 방금 전에 이 거위알 튀김을 먹었는데 판신위 님을 못 보는 줄 알았다니까요. 무릉도원의 맛이었습니다."

단문창의 칭찬이 이어진다.

"단 셰프님이 극찬하는 경우는 처음이라 저도 기대가 크네요."

판신위가 윤기를 바라보았다.

"마음 단단히 먹고 드시기 바랍니다."

단문창이 여종업원에게 신호를 주자 덮개가 열렸다.

"어머."

판신위가 소스라쳤다. 꿩 튀김 때문이었다. 지금까지 본 적 없는 황금빛 꿩 요리가 거기 있었다. 껍질이 압권이었다. 과자처럼, 입에 넣으면 바삭 부서질 것 같은 질감이었다.

그 위에 뿌려진 입자에도 황금빛이 서린다. 무엇보다 가녀리게 우뚝한 앙증맞은 두 달고나. 모양까지 하트니 사랑스럽지 않을 수 없었다.

"굉장하네요."

윤기에게 예의를 갖춘 판신위가 핸드폰을 들이댔다. 그런 다음에야 달고나 하나를 뽑아 아이의 입에 넣었다.

"달아요."

아이는 깨물지 않고 빨았다. 맛난 것은 아껴 먹는다. 인간이라면 본능으로 알고 있는 일이었다.

"즈한, 아."

판신위가 꿩고기 한 조각을 썰어 아이 입에 넣었다.

와사삭.

"……?"

천둥 치는 소리에 놀란 아이가 씹는 것을 멈췄다.

콰사삭.

잠시 후에 이어지는 천둥소리. 그리고 이어지는 촉촉한 맛. 겉바속촉이라는 단어의 정수가 거기 있었다.

"엄마, 맛이 너무 좋아."

아이 얼굴이 햇살처럼 환하게 퍼졌다.

"그래?"

판신위도 한 점을 입에 물었다.

콰사삿.

판신위의 소리는 더 경쾌했다. 기름을 거푸 맞은 껍질은 튀긴 것보다도 더 바삭하게 변해 있었다.

최상의 상태로 수분을 날린 까닭이었다. 큰 소리 다음에 달고 나 입자가 연주를 이어 준다. 서로 다른 소리가 교차되니 연주가 아닐 수 없었다.

"달고나 입자가 들었어요?"

판신위가 윤기를 바라보았다.

네.

그 대답은 눈으로 해 주었다.

소리만 좋은 것도 아니었다. 표면에 뿌린 소금기가 사라지면서 꿩고기의 담백함이 올라왔다. 그 끝에 달달하고 상큼한 향이 느껴진다. 표면에 뿌린 달고나와 헛개 열매의 앙상블이었다.

헛개나무 열매는 달달한 과일 향이 난다. 이런 미묘함이 주는 울림은 마음에 남게 마련이었다.

"너무 맛있다."

아이는 쉴 새 없이 꿩고기를 밀어 넣는다. 제법 뜨거움에도 불구하고 쉬지도 않았다.

"이건 거위알을 튀긴 것 같군요?"

숨을 돌린 판신위가 옆 접시를 바라보았다.

"드셔 보시죠."

단문창이 윤기를 대신해 요리를 권했다.

판신위가 거위알을 갈랐다.

"세상에."

"우왓."

판신위와 아들이 동시에 압도되었다. 갈라진 거위알 튀김에서 나온 폭발적인 풍미. 하지만 그것만으로 놀란 건 아니었다. 형식은 단문창에게 바친 요리와 같았지만 흰자위 사이의 내용물이 완전히 달랐다. 그 안에서 쏟아진 건……

제2장

—

I AM READY

"엄마, 황금이에요."

아이가 소리쳤다.

절반으로 갈라진 거위알 튀김. 단문창에게 선보인 것처럼 세 가지 크기의 알을 품고 있었다.

오리알에 계란, 그리고 메추리알. 그러나 그사이에 또 한 번 진화했으니 내용물이 변했다.

농축된 젤라틴과 함께 드러난 건 황금 캐비어였다. 곱게 다진 꿩고기를 후추알 크기로 굴린 후 식용 금박을 입혀 놓은 것이었다.

마지막에 드러난 메추리알은 그냥 황금알이었다. 전체에 식용 금을 둘렀으니 영락없었다.

"세상에……."

판신위는 황홀한 표정을 감추지 못했다.

다시 한번 그녀의 핸드폰이 출동했다. 황금이 쏟아진 거위 알 튀김이 여러 각도로 그녀의 카메라에 한 장 한 장 담기고 있었다.

"이건 차마 먹기가 아깝네요."

판신위가 두 손을 비볐다. 조바심이다.

요리와 사랑에 빠질 때 나오는 행동. 황금 캐비어 한 스푼이 아이의 입으로 들어갔다.

"엄마도 먹어 봐. 너무 맛있어."

아이의 반응은 몸서리였다.

"세상에나……."

판신위의 감동은 스푼 위로 이어졌다. 진한 젤라틴 안에서 반짝이는 황금 캐비어들. 그 풍미는 방금 전의 요리와 또 달랐다.

"나도 모르는 사이에 저절로 넘어가 버리네요."

황금 캐비어에 매료된 판신위의 평가였다. 그야말로 감칠맛의 홍수였다. 젤라틴이 윤활유 역할까지 해 버리니 미각이 참지 못했다.

다시 한 스푼을 뜨지만 그조차 제대로 음미하지 못했다. 아이는 더 참지 못하고 자기 스푼을 들고 나섰다.

윤기와 단문창이 슬쩍 물러났다. 요리 맛에 취할 때는 제대로 취하는 게 좋았다.

가벼운 발걸음으로 주방에 돌아온 윤기는 거위알을 하나 더 준비하기 시작했다.

좌아아.

튀김 소리는 아까보다도 더 청아하게 들렸다.

"셰프님, 다 드셨어요."

여종업원이 들어왔다. 윤기가 새로운 거위알 튀김을 건네주었다.

갓 꺼낸 것이라 고소한 냄새가 더 진하게 풍겨 나왔다.

"엄마."

캐비어가 바닥나자 아쉬움이 가득하던 아이, 새로운 접시가 오자 벌떡 일어서 버렸다.

"즈한."

판신위가 슬쩍 주의를 준다. 하지만 그녀 자신도 이미 서두르고 있었다.

여종업원이 음식을 세팅을 하기도 전에 접시를 받아 버린 것이다.

다시 거위알을 갈랐다.

"우와."

아이가 소리를 질렀다. 캐비어가 달랐다. 황금알에 더불어 형형색색으로 물든 것들이 함께 나왔다.

윤기의 특별 수고였다. 가루에 색을 입혀 정성스레 굴려 낸 것이다.

아주 미세하게 조절된 맛이 미각을 더 자극했다. 대미의 장식은 하나 남은 황금 메추리알.

"엄마, 아."

아이가 그걸 찍어 판신위에게 내밀었다.

"아니야, 너 먹어."

"아니, 나는 하나 먹었어. 그러니까 엄마가."

"정말?"

"응."

"고마워, 즈한."

메추리알을 받아먹은 판신위가 아이를 끌어안았다. 정다운 모자의 식사, 맛난 요리보다도 보기 좋은 광경이었다.

"셰프님, 너무 잘 먹었어요."

"저도요."

판신위 모자가 고마움을 표해 왔다.

"단 셰프님께 귀한 손님이시라니 저도 즐겁습니다."

윤기의 예의였다.

"한국에서 미식 호텔을 운영하고 계신다고요?"

"그렇게 되었습니다."

"연락처를 주시겠어요? 저희도 가끔 한국에 휴양을 가거든요."

판신위가 원하니 호텔을 알려 주었다.

"그래도 아쉽네요. 단 한 번으로 중독이 되었나 봐요. 마치 악마의 요리를 먹은 기분이에요."

판신위는 떠나는 순간까지도 아쉬움을 금치 못했다.

"덕분에 내 체면이 살았습니다."

단문창도 흔쾌하다.

"별말씀을요."

"달고나 말입니다. 그렇게 매칭시킬 줄은 몰랐습니다."

"꿩 껍데기를 바삭하게 굽다 보니 생각이 났습니다. 바삭할

때는 더 바삭한 아이템을 붙여서 시너지를 주는 게 기본이잖
아요."

"그건 송 셰프 기준에서나 그렇지요. 나라면 엄두도 못 냈을
겁니다."

"오늘 요리는 단 셰프님에게서 비롯된 겁니다. 제 공이 아닙
니다."

"그럼 내 메뉴에 올려도 되는 겁니까? 송 셰프만은 못하겠지
만요."

"그래 주시면 저야 영광이죠."

"어이쿠, 이거 메뉴 개발비를 드려야겠군요. 거위알 튀김과 기
름을 끼얹어 익히는 꿩고기는 인기 만점일 것 같습니다."

"꼭 그러시길 바랍니다."

"다음에는 아예 같이 요리를 하면 어떨까요? 내 단골들이 사
실 내 손맛에 식상해하지 않겠습니까? 송 셰프와 같이 요리하면
내 가게가 10년은 더 버틸 것 같은데?"

"저도 마찬가지니 서로 한 번씩 오가면 더 좋을 것 같군요."

"송 셰프가 초대한다면 기꺼이 가겠습니다. 미식 호텔도 궁금
하고요."

단문창이 소탈하게 웃었다. 셰프끼리는 이렇게 통하고 이래서
좋았다.

몇 날 며칠이라도 머리를 맞대고 요리를 논하고 싶은 사람. 그
아쉬움을 달래고 공항으로 향했다. 짧지만 많은 경험을 한 중국
출장 요리였다.

공항으로 가는 길, 멕시코에서 국제전화가 들어왔다. 바바라

가 아니라 소피아였다.

　—셰프님.

　"웬일이죠?"

　—당연히 셰프님의 요리가 다시 한번 먹고 싶어서 전화드렸어요.

　"오시면 바로 준비해 드리죠."

　—진짜요?

　"하핫, 조크예요. 지금은 호텔 정비 중이거든요."

　—저도 홈페이지를 봐서 알고 있어요. 매일 체크하고 있답니다.

　"웬일이시죠?"

　—실은 도미니코 셰프에게 전화를 받았어요.

　"도미니코?"

　—저랑 먹방 대결 붙었던 유튜버들이 찾아갔던 이탈리아 라비올리 셰프님요.

　"아, 네……."

　—도미니코 셰프가 송 셰프님 연락처 좀 알려 달라는데 어떻게 할까요?

　"알려 주세요."

　—정말요? 어쩌면 바로 전화가 갈지도 몰라요.

　소피아의 전화가 끊겼다. 그 후 10분쯤 지나자 전화가 들어왔다.

　—안녕하세요? 송 셰프님. 저는 이탈리아의 도미니코라고 합니다.

언어는 영어였다.

"아, 안녕하세요?"

─지난번의 쿨리비악, 정말 감동이었습니다.

"별말씀을요, 셰프님의 라비올리야말로……."

─저 그 쿨리비악을 열아홉 번째 만들어 보고 있습니다. 완전히 반했거든요.

"그 정도 요리는 아니었습니다만.

─언제 이탈리아에 오실 계획은 없습니까?"

"아직은요."

─실은 제가 일본의 데츠야 셰프하고도 통화를 했습니다.

"그러세요?"

─이번 유튜브 먹방 보다가 느낀 건데, 어떻습니까? 우리 셋이 스페셜 이벤트 한번 여시면?

"스페셜 이벤트라면?"

─제 레스토랑에 왔던 유튜버가 그러더라고요, 그렇게 하면 엄청난 반향이 있을 거라고. 저도 왠지 재미있어 보이기도 하고요. 왜, 다른 분야의 아티스트들은 합동 공연이나 전시회도 많이 하시지 않습니까?

"그렇죠?"

─서로 멀어서 애로가 있기는 하지만 일 년에 한 번 정도는 괜찮지 않을까요? 요리의 저변확대는 물론이고 단골 멤버들에 대한 보답도 되고.

"우리는 서로 공부가 되겠죠?"

─제 말이요.

"좋은 생각인데요?"

─역시 통하시는군요. 그럼 날짜 조율해서 의기투합 한번 하자고요.

'황금보스키상 셰프 3인 특별요리전?'

윤기는 그 스펙에 목맬 생각은 없었다. 하지만 사람들의 평가라는 게 이랬다.

윤기의 요리를 먹어 본 사람은 얼마 되지 않는다.

그러나 황금보스키상의 권위를 아는 사람은 상당히 많았다. 그 권위에서 파생되는 다양한 일들이 긍정의 도미노를 이루고 있었다.

대박.

윤기 표정도 밝아졌다. 황금보스키상 3인전은 서로에게 윈윈이 될 것이 분명했다.

*   *   *

"세상에."

어머니의 입이 쫙 벌어졌다. 새 오픈 3일 전, 이른 아침이었다. 내부 정비가 완전히 끝난 곳으로 어머니를 모셔 갔다. 로비에 들어선 어머니가 휘청거렸다.

"송 셰프……."

"이제 시작인데 놀라면 어떡해요?"

윤기가 어머니를 끌었다. 주방이었다. 그 또한 새로운 단장으로 요리사들을 기다리고 있었다.

이어 시그니처룸과 리폼룸, 특별연회실, 패밀리룸 등의 레스토
랑을 차례로 공개했다.

"아이고, 하느님……."

어머니 다리가 또 풀린다. 살포시 부축해 수영장으로 모셨다.
수영장도 제대로 단장을 마쳤다. 비치 바에 더불어 요리를 즐길
수 있는 구조였다.

"엄마, 우리 수영 한번 할까?"

윤기가 어머니를 수영장으로 밀치는 척하다가 잡아 주었다.

"수영? 아이고, 난 못 해."

어머니가 정색을 한다.

"왜? 개헤엄 잘 친다던데?"

"다 옛날 말이지."

"그럼 이제 객실 구경?"

"그래."

엘리베이터를 타고 라운지 아래층에서 내렸다. 거기가 리폼
호텔 객실의 꽃이었다.

"아유, 좋다."

안에 들어서기 무섭게 어머니의 감탄이 쏟아진다. 조금은 딱
딱해 보일 수 있는 바로크풍의 앤틱.

커튼과 카펫 등의 색조 조화를 맞추니 생동감이 넘치고 있
었다.

"이런 데서 자면 하루에 얼마야?"

돌아보는 어머니를 침대로 밀어 버렸다.

"엄마는 공짜."

윤기도 그 옆으로 다이빙을 했다.

"엄마."

어머니와 나란히 누워 앤틱한 천장과, 역시 앤틱한 조명을 바라보며 말을 이었다.

"좋지?"

"아무래도 꿈이지 싶다."

"꿈? 그건 절대 안 되지."

"손목은 어때?"

"이젠 괜찮대도."

"다행이다."

"엄마."

"응?"

"이 회장님 댁 찬모, 계속할 거야?"

"왜? 나 때문에 창피해?"

"절대, 그냥 물어보는 거야."

"너만 괜찮으면 계속할 거야. 비록 찬모지만 나름 전문직이거든? 사모님하고 회장님도 잘해 주시고. 다른 회장님 사장님 소개해 주셔서 밑반찬비 수입도 짭짤하거든."

"그럼 마음대로 해. 나는 상관없어."

"고마워, 아들, 엄마 이해해 줘서."

어머니가 윤기 손을 잡았다. 거칠어진 피부임에도 포근한 마음이 실려 왔다.

어머니를 보내고 혼자 남았다. 한 달의 휴식을 취한 직원들은 오늘부터 출근을 한다. 3일 동안 더 단장하고 준비해야 하기 때문이었다.

그래도 리폼 주방 팀은 예외였다. 에르베와 진규태를 위시해 경모와 창혁 등은 일주일 전까지 출근을 했다. 수리 중인 주방을 옮겨 가며 신메뉴 개발과 요리 연구를 했다. 윤기와 에르베가 편을 나눠 겨뤘다.

일단은 윤기가 출시한 기존 메뉴들이었다. 다음은 앞으로 출시할 메뉴들. 역사적인 의미가 깃든 요리들이 중심이었다.

모두가 함께 만든 후에 품평을 했다. 팀원들의 요리 실력이 약진하는 계기가 되었다.

쿨리비악에 더불어 통꿩 기름구이와 황금캐비어의 거위알 등도 시연을 거쳤다.

이 팀원들의 휴가는 일주일이었다. 그게 끝나는 게 오늘이었다.

'누가 제일 먼저 출근을 할까?'

괜히 기대가 되었다.

윤기는 주방으로 향했다. 주방은 고요했다. 이제 여기서 윤기의 새 역사가 시작된다. 윤기의 조리대로 가서 낡은 무쇠팬을 꺼냈다.

그 앞에 백 회장이 준 '컷코 칼'도 꺼내 놓았다. 신구의 조화가 마치, 전생과 윤기의 조화처럼 어울려 보였다.

그때 기척이 들렸다.

"셰프님."

주인공은 장태산이었다. 그가 1착이었다.

"부사장님, 왜 이렇게 일찍 나오셨어요?"

윤기가 물었다.

"그러는 대표님은요?"

"대표가 아니고 셰프."

"네, 셰프님."

"마지막 구상이 있어서요."

"인사 말이군요?"

"네. 일단은 제 구상대로 가시고, 나중에 문제가 되면 건의를
해 주세요."

"저는 문제없습니다."

"그 가방은 뭐죠?"

윤기가 장태산의 손을 바라보았다. 커다란 가방이 들려 있
었다.

"프랑스 미식기사단을 기준으로 일본과 중국, 미국, 러시아, 터
키 등의 미식가와 빅 스타들, 정관계 요인들의 리스트와 자료입
니다."

"홍보하시려고요?"

"이미 시작했습니다. 제가 성격이 좀 급하거든요."

"저런, 아직 정식 취임식도 못 시켜 드렸는데……."

"취임식보다 더 중요한 게 있죠."

"뭐죠?"

"셰프님의 요리죠. 호텔의 요리 자료 뒤지다 보니 먹어 보지
않고는 제대로 된 홍보가 힘들 것 같더라고요."

"저도 그 생각하고 있었습니다."

"셰프님도요?"

"미식을 팔면서 그 미식 요리를 못 먹어 본다는 건 말이 안 되죠. 당장 오늘 점심부터 차곡차곡 맛을 보여 드리겠습니다."

"셰프님과 함께 일하게 된 것만큼이나 반가운 소식이네요."

대화를 나누는 동안, 직원들이 들이닥치기 시작했다. 진규태가 오고 창혁이 오고, 경모와 재걸이 왔다.

"대표님."

주희 목소리도 반가웠다. 그들 뒤로도 반가운 얼굴들이 느린 해일처럼 밀려들었다.

"와아."

"이게 우리 호텔이었어?"

"완전 환골탈태네?"

"앤틱을 살려 놓으니까 굉장히 우아하고 럭셔리해 보여."

새 단장을 마친 직원들의 반응이었다.

[리폼 호텔 직원 여러분에게 알립니다. 전 직원께서는 지금 즉시 제1주방으로 모여 주시기 바랍니다. 다시 한번 알려 드립니다. 전 직원께서는……]

안내 방송이 나오자 직원들이 주방 쪽으로 향했다. 그 앞으로 윤기가 나섰다. 셰프 복장에 소라색 스카프를 맨 당당한 모습이었다.

짝짝짝.

박수가 나왔다.

"안녕하세요? 송 셰프입니다."

윤기가 직원들에게 인사를 시작했다. 오너 셰프답게 시작도 주방이었다.

"여러분들의 성원 덕분에 호텔이 새 단장을 마쳤습니다. 기왕에 근무하시던 곳이니 이전과 바뀌는 부분은 없습니다. 다만 한 가지만 기억해 주시면 되겠습니다. 아직은 미식의 변방, 아직은 4성 호텔, 그러나 요리만큼은 세계 최고를 지향한다는 걸 유념하시고 맛있게 근무해 주시기 바랍니다. 저 역시 한 사람의 직원이자 셰프로서 여러분과 같이 발전해 나가도록 하겠습니다."

짝짝.

"그럼 우리 리폼호텔을 이끌어 나가실 새 경영자를 소개합니다. 직책은 부사장이지만 설 대표님처럼 전권을 가지고 방향을 잡아 주실 겁니다. 소개합니다. 예일대를 마치고 오라는 곳이 많음에도 힐링 요리와 미식 호텔에 미래를 거시겠다고 와 주신 장태산 부사장님."

윤기가 호명하자 장태산이 앞으로 나왔다.

짝짝짝.

박수가 뜨거워진다.

"마케팅부장은 장세희, 객실부장은 이리나 팀장, 조리1부장은 에르베 셰프, 2부장은 진규태 팀장, 그리고 주방 전체를 아우를 총주방장에는 구찬홍… 암 덩어리를 걷어차고 다시 컴백하시게 되었습니다."

"구 팀장?"

"진짜?"

조리 직원들이 웅성거린다. 뒤에 있던 구찬홍이 앞으로 나왔다.

"제가 죽다 살아났는데 살아 놓고 보니 이 호텔에 저보다도 놀라운 일들이 벌어졌더군요. 다시 태어난 기분으로 임하려 하니 많은 지도 편달 부탁드립니다."

구찬홍이 직원들에게 고개를 숙였다.

"와아아."

짝짝짝.

함성과 박수가 우레로 쏟아졌다.

구찬홍의 신망 때문이었다. 쫓겨나듯 나갈 때 모두가 안타까워했던 사람.

일부는 이미 죽었을 것으로 생각하던 구찬홍. 건강한 모습으로 돌아왔으니 환호하지 않을 수 없었다.

또 하나의 깜짝 발탁이 있었으니 서빙 팀으로 복귀한 황보준호였다.

정년이 가깝다는 이유만으로 권고 사직을 당한 사람. 그러나 고객 응대 품격이 놀라웠으니 구찬홍을 통해 장기 계약직으로 복귀를 시켰다.

주희와 또 다른 편안함을 안겨 줄 사람이었으니 윤기가 구찬홍에게 부탁한 게 바로 이 건이었다.

인사는 만사, 그 단추부터 놀라운 이벤트로 장식하는 윤기였다.

"셰프님."

가장 큰 충격을 먹은 건 주희였다.

[서빙총괄팀장 변주희]

총괄이니 수석 과장급이다. 감동의 근원은 거기 있었다.

"왜요? 너무 낮아서 불만이에요?"

윤기가 짐짓 물었다.

"아뇨, 정말 생각하지 못했거든요."

"영어에 불어에 중국어에 한국어까지. 4개 국어 말하는 재원인데 팀장은 좀 약하죠?"

"셰프님……"

"앞으로 잘 부탁해요. 리폼 호텔의 요리는 제 손에 달렸지만 이미지는 변 팀장님과 이리나 부장님에게 달렸어요."

윤기는 이리나도 같이 챙겼다.

"걱정 마세요. 제가 또 한 미인계 하잖아요?"

이리나가 섹시 포즈를 취하며 웃었다. 여전히 야심만만한 이리나. 그게 바로 이리나의 재산이었다.

"황보준호 선배님까지 왔으니 문제없어요. 하지만 저는 그냥 주희라고 불러 주세요."

주희도 사기충천이었다.

"왜요?"

"대표님도 셰프라고 부르잖아요?"

"그런가? 뭐, 나는 상관없어요."

"그럼 부탁합니다. 셰프님."

주희가 고개를 숙였다. 그녀의 발그레한 홍조에 자부심이 깃들었다.

"그런데 셰프님, 우리 진 부장님도 사고를 치셨대요."

경모가 진규태를 끌고 왔다.

"사고?"

"지난주 한 주 휴가였잖아요? 그때 홍콩 요리 대회가 있었다네요. 거기 양식 부문 개인전에서 금메달 먹으셨답니다."

"정말요?"

윤기가 진규태를 바라보았다.

"그게… 은서가 송 셰프 상 받은 거 보고 아빠도 분발하라고 하길래 경험 삼아 참가해 봤는데… 요리 탐구 때 만든 요리를 응용했더니 덜컥 입상을 하네?"

"거기 가신다고 왜 말하지 않았어요?"

"그게 뭐 송 셰프의 황금보스키상하고 깜이 되나?"

"무슨 말씀이세요. 국제대회 금메달 아무나 따요?"

"그래도……."

"아무튼 축하해요. 며칠 동안 굉장한 걸 이루셨네요? 휴가 다시 보내 드려야겠어요?"

"다 송 셰프 덕분이야."

"제가 뭘요?"

"은서도 그렇고 요리도 그렇고, 이번 승진도… 덕분에 쪽팔림은 면하게 생겼잖아? 능력도 없는 게 조리부장이라는 소리 들으면 송 셰프 볼 면목도 없고."

"그 소리는 취소하세요. 지난번 스테이크 경진대회랑 요리 탐구에 괜히 끼워 준 줄 아세요? 부장님은 거기서 이미 능력을 인정받은 거예요."

"고마워."

"은서가 정말 좋아했겠네요?"

"호텔 오픈식 때 올 거야. 송 셰프에게 꽃다발 줄 거라고 용돈도 모았거든."

"은서가 꽃인데 무슨 꽃다발요? 오기만 해도 고맙다고 전해주세요."

"알았어."

"이야, 이거 우리 주방 너무 막강해지는데요? 분자요리의 신성 에르베 셰프님에 구 총주방장님의 귀환, 그리고 진 부장님의 국제대회 금메달."

윤기가 주방 직원들을 돌아보았다. 모두가 고무되는 얼굴이었다.

"오늘 축하 파티 한번 해야겠어요?"

"축하 파티?"

진규태가 윤기를 바라보았다.

"부장님, 홍콩 대회 수상작이 뭐였어요?"

"LGY 스테이크의 중심을 원통형으로 떼어 내고 간장, 초장, 고추냉이의 3색 분자요리 캐비어를 장식했어. 잘라 낸 원통은 그 옆에 세워 모양을 내고 캐비어 밑에 군밤과 군고구마 퓌레를 깔았더니 점수가 잘 나오더라고. 사실은… 송 셰프의 버전을 살짝 비튼 아류작에 불과해……."

"그 살짝이 새로운 요리의 시작인 거 모르세요?"

"그렇기는 하지만 원작자 앞이다 보니……."

"레시피 특허 낼 거 아니면 좀 푸세요. 안 그래도 오늘내일 직원들에게 요리 대접 좀 할 생각이었거든요. 직원들이 먼저 맛을 알아야 홍보할 거 아닙니까?"

"그거 좋은 생각이네요. 셰프님이 새 메뉴 만들 때마다 우리도 그랬거든요."

경모가 반색을 했다.

진규태의 축하 현수막부터 지시를 했다. 그런 다음 안내 방송을 때렸다.

[오늘 점심은 직원 특선입니다. 신임 진규태 조리부장님께서 이번 홍콩 국제 대회에서 금메달의 낭보를 기록했습니다. 두 가지 퓌레에 3색 캐비어를 품은 JGT 스테이크, 특별한 약속이 없는 분은 지금 즉시 서빙 팀 변주회 팀장님께 신청하시기 바랍니다.]

"와아."

이내 함성이 울려 퍼졌다. 직원 특선은 대호평을 받았다.

"셰프님."

바로 주희가 뛰어왔다.

"인터폰 하지 그랬어요?"

"아참."

"신청자 몇 명이에요?"

"전원 신청요."

"으음, 이러다 자칫, LGY 스테이크가 JGT 스테이크에게 밀릴지도 모르겠네?"

"그러면 더 좋은 거 아닌가요? 메뉴의 뎁스가 늘어나는 것이니까요."

주희가 웃었다. 윤기가 바라던 그 마인드였다.

"그런데 이리나 부장님은 왜요?"

윤기가 물었다. 리폼 카운터 쪽의 이리나를 본 것이다.

"그동안 자기 때문에 고생했다고 위로해 주시네요. 본심은 아니었으니 잘해 보라고. 자기보다 잘할 거라나요."

"주희 씨는 뭐라고 했는데요?"

"부장님을 모셔서 영광이라고 했죠, 뭐."

"두 분이 잘해 보세요. 객실과 요리가 시너지를 내야만 미식호텔과 힐링이 완성될 수 있으니까요."

"그보다 테이블 구경 좀 하시겠어요?"

"어? 세팅 끝났나요?"

"네, 이리나 부장님도 깜짝 놀라더라고요."

"기대가 되는데요? 총주방장님, 같이 가시죠."

윤기가 구찬홍을 불렀다.

"이야."

홀에 들어선 윤기가 감탄사를 토했다. 구찬홍도 그랬다. 테이블 분위기가 싹 변해 있었다.

꽃병이나 장식용 등잔으로 쓰인 것들… 목이 긴 실린더와 비커 등이었다.

그걸 앤틱한 보자기나 리넨 등으로 곱게 묶었다. 골동과 과학의 매칭. 리폼 호텔의 요리 방향과도 맞아떨어지는 구상이었다.

"분위기 확 사는데요?"

백전노장 황보준호의 평가도 후했다.

"셰프님은요?"

윤기의 의견을 묻는 주희.

"나도 같은 생각입니다."

"정말요?"

주희가 아이처럼 좋아한다. 이걸 노리고 리폼 홀의 마무리 장식 구상을 주희에게 맡겼던 윤기였다.

대부분의 사람은 자신의 의사가 반영된 일을 좋아하기 때문이었다.

"진짜 분위기 나는군. 호텔이 겉뿐만 아니라 분위기 전체가 바뀌었어."

구찬홍도 감탄을 숨기지 않았다.

"오늘 우리 직원들 서빙도 최고 VIP들이라 생각하고 임해 주세요."

"걱정 마세요."

윤기의 격려를 받은 주희, 전의가 불타올랐다.

새 주방에 활기가 돌기 시작했다.

윤기와 에르베, 진규태가 팀을 나눠 런치 요리에 돌입한 것이다. 구찬홍은 총주방장으로 전체 조율과 지원 역할이다.

윤기가 미식 하우스로 가거나 에르베, 진규태에게 일이 생기면 그 자리를 메워 줄 예정이었다.

"우와."

"이야."

진규태의 수상작 스테이크를 받아 든 직원들이 환호성을 질렀다. 맛도 기가 막혔다.

요즘 대세로 떠오른 고추냉이 때문이었다. 싫어하는 사람도 있지만 맛의 포인트가 되는 건 사실이었다.

"주희 씨."

세팅이 끝나고 숨을 돌리는 주희를 윤기가 불렀다.

"어머."

주희와 직원들이 소스라쳤다. 창가의 두 테이블, 서빙 팀도 모르는 세팅이 끝나 있었다.

"직원들 위해서 서빙하느라 애썼는데 그럼 서빙 팀은 누가 챙겨 주나 싶어서요. 그래서 우리 주방 팀이 따로 세팅해 보았어요. 괜찮아요?"

"셰프님."

주희는 할 말을 잊고 말았다.

"자, 맛나게 드시고요, 내일 점심으로 먹고 싶은 메뉴를 투표해 주세요. 기존 리폼 메뉴에서 골라 주시면 가장 많은 표를 받은 것으로 준비해 드리겠습니다."

"와아."

윤기의 선언에 직원들의 환호가 이어졌다.

"대신 오늘, 내일 먹고 난 그릇 반납은 셀프입니다. 아셨죠?"

윤기의 마무리였다.

식사 후에 이리나의 예약 보고를 받았다.

"내일부터 한 달간 런치와 디너 예약 꽉 찼고요, 객실도 그 한 달간 96% 예약, 두 달 차에도 89% 예약되었습니다. 그랑 서울일 때 소원하던 프랑스 손님을 중심으로 미국과 중국 쪽 예약도 확 늘었네요."

한 달 96% 예약, 그중에서 28일은 100% 예약.

완판이다.

그랑 서울의 활황기에도 없던 일이었다.

"부사장님께 먼저 보고드렸나요?"

"지금 가려고요."

"앞으로는 부사장님께 먼저 보고하세요."

"어련하시겠어요."

"미식하우스는요?"

미식하우스는 이지용 선친의 저택을 뜻하는 말이었다.

"거기도 한 달 보름간 예약 완료. 중간에 하루 이 빠진 날이 있기는 한데 곧 찰 것으로 생각합니다."

이라나의 보고는 솜사탕처럼 달콤했다.

다음 날 아침, 윤기는 미식하우스에 있었다.

이곳의 단장도 끝나 있었다. 창혁과 함께 주방을 체크했다. 이곳 도우미로는 창혁을 선발했다. 두 명의 셰프가 쓰기에 딱 좋은 동선이었다.

특별한 것은 프라이빗 룸이었다. 주방이 딸린 방으로 일종의 연구실이었다.

호주에서 잘나가는 데쓰야스 레스토랑에서 벤치마킹을 했다. 요리 연구 겸 한 테이블 정도, 정말 특별한 고객을 맞을 수도 있었다.

　—노마
　—펫덕
　—앰버
　—데쓰야스
　—무가리츠
　—프란체스카나
　—니혼료우리 류긴
　—엘 세예 데 칸 로카

　윤기의 머릿속으로 명품 요리의 요람들이 들어왔다. 세계 최
고의 맛을 자랑하는 레스토랑들. 그곳 이상을 꿈꾸는 공간이
었다.

　그렇기에 테이블과 의자, 메뉴판 하나도 달랐다. 가격도 그랬
다. 본래 리폼 홀에서 적용하던 기준가격제를 고스란히 옮겨 온
것이다.

　시작부터 설렘이 가득하다. 내일, 새 오픈부터 굉장한 손님이
예정되었기 때문이었다.

　"셰프님."

　창혁의 목소리가 윤기의 상상을 밀어냈다.

　"내일 첫 손님 말이에요."

　"웅."

　"정말 굉장한 분이신가 봐요."

"왜?"

"셰프님이 설레고 있잖아요? 레이철 첫 방송보다도요."

"그렇게 보여?"

"네."

"좀 그렇기는 해. 내게는… 아주 굉장한 사람이라서."

"그러니까 더 궁금한데요?"

창혁이 촉을 세웠다. 윤기의 이런 모습은 처음이기 때문이었다.

"송 셰프."

호텔로 돌아오자 구 총주방장이 윤기에게 다가왔다.

"맛 좀 봐 줘."

그가 내민 접시에 초원이 담겼다. 형형색색의 식물성 초밥이었다.

"우왓."

윤기가 비명을 질렀다. 구찬홍은 양식 전문이다. 물론 일식도 가능하다.

하지만 이 초밥은 최 조리부장의 것보다도 몇 수는 위에 있었다.

"산에 살면서 가끔 기분 좀 내 보던 메뉴들이거든. 호텔에 재료가 많길래 한번 만들어 봤어. 괜찮으면 오픈식에 가니튀르나 서비스 접시로 내면 어떨까 싶어서."

"잠깐만요."

윤기가 시식에 들어갔다. 못 믿어서가 아니었다. 그만큼 싱그러운 자태들이었다.

[곰취잎, 연잎, 더덕순, 당귀잎, 데친 단호박 슬라이스, 오이 슬라이스, 비트 슬라이스, 아보카도 슬라이스, 버터로 구운 당근 슬라이스, 아스파라거스…….]

심지어는 참외와 살구, 망고 슬라이스까지 두르고 있었다. 어떤 식재료는 종이보다 얇았다.

그런 것을 두 번을 둘렀으니 상큼함에 더한 뒷맛이 중독적이었다.

"화아."

윤기가 집어 든 건 당귀 잎이었다. 설렘 같은 화한 맛이 입안 가득 번져 갔다.

다음은 더덕순이다. 초록한 새순을 초밥에 두르니 그 냄새가 위장 속까지 흔들었다.

"뭐야?"

에르베가 그걸 보았다.

"먹어도 됩니까?"

한국어로 구 총주방장을 바라본다.

"한국말 잘하시네? 우리 송 셰프를 많이 도왔다니 마음껏 드시게나."

구 총주방장의 대답은 기꺼웠다.

"이건 마치 자연을 베어 문 것 같잖아?"

에르베의 감탄은 불어로 나왔다.

"그렇죠?"

윤기가 장단을 맞춘다.

"과일 슬라이스도 놀랍지만 산나물들의 비주얼과 향이 대박이야. 이거 송 셰프의 초자연힐링 요리에 붙이면 시너지 터지겠는데?"

에르베의 손은 쉬지도 않았다. 놀라운 건 요리의 포스만이 아니었다.

감칠맛의 글루타민산이 맛까지 환상으로 만들고 있었다. 게다가 이 글루타민산은……?

"총주방장님, 이 글루타민산 맛, 출처가 다시마가 아닌 것 같은데요?"

윤기가 그걸 알아차렸다.

"역시 귀신이시군."

"……?"

"이걸로 폼 좀 잡았네. 나 때보다 분자요리가 더 많이 활성화된 것 같아서 말이야."

구 총주방장의 손에 들린 건 토마토였다. 토마토에도 글루타민산의 성분은 존재했다.

"원심분리."

에르베가 바로 감을 잡았다.

"맞아. 원심분리로 성분을 나눠 과즙 층을 얻었네. 그걸 또 분리해서 더 진한 과즙 층, 그걸 초밥에 섞어 쥐어 냈지."

"그래서 글루타민산에 싱그러운 향이 뱄군요?"

"그걸 하다가 든 생각인데 표고버섯의 이노신산을 더해서 황금빛 캐비어를 만들어 포인트를 주면 어떨까 싶더군. 완두콩알 모양으로 딱 하나 말일세."

"딱 하나입니까?"

"일식 배울 때 보니 자완무시에도 은행이 딱 한 알이더군. 그게 잘 어울려 보여서."

자완무시는 일종의 계란찜이다. 딱 하나는 강조의 절정이니 윤기도 공감이었다.

"그럼 그 캐비어는 에르베 셰프님이 좀 맡아 주세요."

윤기가 바로 결정을 내렸다.

"요거 초자연힐링세트에도 좋고 단품도 좋고, 3종 나무칩하고도 잘 어울리겠네요. 대박입니다."

"다행이군. 호텔이 새단장을 하는 동안에도 다들 나와서 메뉴 개발에 몰입했다길래 면목이 없던 참인데……."

구 총주방장의 볼이 훈훈하게 변했다.

이날 식사에는 수아와 어머니도 참석을 했다.

오후에 예정되어 있는 리허설 때문이었다. 수아는 새 오픈식 때 초대 가수(?)의 한 사람이자 자원봉사자의 자격으로 참가하기로 했다.

"오빠."

수아는 두 팔이었다. 적응력도 놀라웠으니 옷을 갈아입는 것은 물론 양치까지 혼자 해결하고 있었다.

"듬직한데?"

악수를 하던 윤기가 웃었다.

"팔씨름할래? 나 천하장사거든."

수아가 귀여운 도발을 해 왔다.

"어쭈?"

"진짜라니까. 로봇 팔 천하장사."

"그래도 오빠한테는 안 될 텐데? 이래 봬도 요리로 다져진 근육이거든?"

"흥, 나는 슈퍼 로봇 팔이거든. 나중에 지구도 들어 버릴 거야."

"그럼 한 판 붙어 보자."

즉석에서 팔씨름이 열렸다. 직원들도 구경을 나왔다.

"시작은 내가 한다?"

"알았……?"

"시작."

윤기가 자세를 잡기도 전에 수아가 기습을 단행했다. 45도 각도에서 버티던 윤기가 무너졌다.

윤기가 져 준 측면도 있지만 로봇 팔의 파워는 함부로 볼 게 아니었다.

"홍수아 승리."

수아가 두 팔을 뻗으며 쾌재를 불렀다.

"오빠."

그러더니 작은 포장을 내밀었다.

"뭔데?"

"내 선물, 마음에 들 거야."

"이유는?"

"나 저번 어린이 트롯 대회에서 대상 먹었잖아? 상금이 무려 500만 원."

수아가 자신만만하게 손가락 관절 다섯 마디를 쫙 펴 보였다.

윤기는 진심으로 감탄했다.

"대단한데?"

"엄마가 그러는데 첫 월급은 부모님 속옷이나 내복 사는 거래. 그래서 엄마 거 하나 관장님 거 하나, 그리고 오빠 거하고 김 박사님 거 하나 샀어."

"고마워."

"안 열어 봐?"

"잠깐만."

윤기가 포장을 뜯었다. 안에 든 건 빨간 내복과 빨간 속옷 세트였다. 어찌나 빨간지 장미 꽃잎을 뿌린 줄 알았다.

"마음에 들어? 아니면 수아가 바꿔다 줄게."

"아, 아니. 좋아."

"그렇지? 수아도 같은 색으로 샀다."

"……."

"잘 입고 다녀. 수아가 나중에 확인할 거야."

"얘, 확인을 어떻게……."

옆에 있던 수아 어머니가 안절부절 어쩔 줄 몰라하며 수아 옆구리를 찔렀다.

"왜 못 해? 수아 오빠인데."

"……."

"좋아. 그럼 내가 특별히 양보해서 내복만 확인할게. 이 정도면 괜찮지?"

수아가 선심까지 쓰자 호텔이 웃음바다가 되었다.
그렇게.
오픈식의 날이 밝아 왔다.

제3장

—

교황의 특사

[축 오픈]
[품격의 미식, 격조 높은 힐링]
[미식특선호텔 리폼]
[당신이 찾던 호캉스 유토피아]

새 단장을 알리던 대형 현수막이 내려가고 리폼호텔의 출범을 알리는 현수막이 펼쳐졌다. 그 아래로 화환이 바다를 이루었다.

어제부터 답지하기 시작한 화환 행렬은 끝이 없었다. 재미난 건 직원들이 보낸 화환이었다. 구찬홍의 것이 시작인가 싶었는데 진규태와 주희, 이리나, 경모, 창혁의 것 등 셀 수도 없었다.

"다들 왜들 이러세요?"

윤기가 직원들을 향해 목소리를 높였다.

"미안하지만 이건 우리들 자부심이거든. 그러니까 아무리 오너 셰프라고 해도 관여하면 곤란해."

진규태가 나서서 선을 그었다. 자발적인 플렉스였으니 더는 말하지 못했다.

"그리고 이건 우리 은서가 보낸 건데……."

진규태가 또 하나의 꽃다발을 꺼냈다.

"이건 받아야죠. 고맙다고 전해 주세요."

은서의 것은 기꺼이 접수를 했다. 그 마음을 알기 때문이었다.

직원 화환의 백미는 황보준호의 것이었다. 그는 작은 차에 직접 싣고 와서 맨 뒤에 세웠다. 다른 직원들이 앞으로 가져오라고 해도 듣지 않았다.

[서빙의 원칙─뒤에서 관조하는 것]

꽃다발 하나에도 자신의 신념을 투영하는 그였다.

가만히 꽃다발을 바라보았다. 이지용의 것을 필두로 장대방과 전송화, 배기성 원장, 김혜주와 김민영, 추 피디, 이상백 등 헤아리기도 어려웠다. 심지어는 쉐쓰총 회장과 쉐궈민, 가스파르, 송야쉔 등의 외국인들과 김풍원과 그의 딸 것도 있었다.

"셰프님."

주희가 다른 화환을 가리켰다.

[전순희]

오랜만에 보는 이름, 그 화환은 어머니의 것이었다. 그 마지막에 또 한 트럭의 화환이 도착했으니……

[페드로, 바바라, 소피아]

멕시코에서 날아온 마음까지 차곡차곡 줄을 지었다.
"이 회장님 오셨습니다."
이리나가 이지용 부부의 도착을 알렸다. 김혜주와 전송화, 백회장 부부와 화요도 출석. 배기성에 육식만 등도 축하차 도착했다. 오색 테이핑이 절단되었다.
"축하하네."
이지용이 윤기의 손을 잡았다.
짝짝짝.
모두의 박수가 뜨거웠다. 마침내 미식 제국 리폼호텔의 출범이었다.

1타로 초청된 고객들이 뜨거웠다. 인원은 50명, 서울시 25개구 보건소의 직원들이었다. 직급은 하위의 9급, 8급, 7급, 그중에서도 주로 9급 추천을 받았다. 모두가 지난 코로나 때 감염병의 최전선에서 사투를 벌인 사람들이었다.
왜 하필 공무원이었을까?
윤기와 장태산은 오픈 이벤트를 놓고 숙고를 했다. 예전처럼 장애아들을 초청해서 소확행을 안겨 줄까도 싶었다. 그러다 선택한 게 이들 하위직 공무원이었다. 보안실의 황 반장 때문이었다.

황 반장의 딸이 간호대학을 졸업했다. 간호직 공무원 시험에 합격해 많은 축하를 받았다. 요즘은 모두가 부러워하는 게 공무원 합격이기 때문이었다.

"최악이었죠."

황 반장의 반응은 반전이었다.

설렘을 안고 시보 발령을 받은 초짜 공무원들. 방역 최전선에서 혹사를 당했다. 고작 시보에 불과한 초짜들, 충분한 사전 교육도 없이 무작위 투입을 당한 것이다. 첫 출근과 동시에 퇴근을 잊었다. 토요일도 없고 일요일도 없었다.

업무에 익숙하지도 않은 생초보를 이 부서, 저 현장으로 보내는 행정 만행(?)도 자행되었다. 자가 격리자들의 분풀이와 성토에 눈물을 흘려도 위로조차 받지 못했다. 많은 신입들이 사표를 내고 떠났다. 꿈에도 그리던 공무원 생활. 업무에 익숙해질 시간조차 주지 않고 주먹구구식 인사를 자행한 것이다.

황 반장 딸의 동기는 모두 아홉 명, 다섯 명이 사표를 내고 네 명이 생존했다. 인류 초유의 감염병으로 인한 대혼란. 이해는 가지만 운용이 아쉬웠다.

그렇다고 무슨 보상을 받은 것도 아니었다. 새벽까지 야근을 해도 그 잘난 규정 때문에 수당을 다 받지도 못했고 포상이나 평가조차 장기근속자 우선의 관행에 밀려 찬밥이었다. 그러면서도 궂은 업무는 피할 수 없었다. 선별 검사소를 시작으로 환자 이송, 상담, 검체 채취, 방역, 역학조사까지 전천후로 투입된 것이다.

더 서러운 건 식사였다.

선별진료소나 드라이브스루에 투입되면 김밥 점심을 각오해야 했다. 식사비 예산조차 제대로 내려 주지 않은 것이다. 찌든 피로에 입맛도 없는 상황. 마른 김밥에 체하는 날이 한두 번이 아니었다.

사태가 장기화되면서 지친 시민들에게 욕받이로 몰리며 버텨 온 초짜 공무원들. 요리 한 접시로라도 위로하고 싶었다. 그 지난한 시기를 넘어온 건 위대한 시민 정신 때문이었지만 최전선 하위직들의 분투가 없었다면 고관들의 숫자 놀음과 K—방역 생색 놀음도 불가능했을 일이었다.

[LGY 스타일의 토마호크 스테이크, 6종 초자연초밥, 리폼 힐링수]

푸짐한 메뉴를 투입했다.

당연히.

최고의 재료를 썼다. 최고의 정성도 올렸다. 그럼에도 기념 사진 한 장 찍지 않았다. 기자도 부르지 않았다. 그저 편안하고 행복하게 한 끼, 이 또한 미식 힐링을 지향하는 리폼과 어울리는 배려였다.

황보준호와 주희의 서빙은 시너지가 제대로였다. 활기와 노련의 믹싱은 한 치의 소홀함도 허용하지 않았다.

"먹다가 울었어요."

"아, 진짜, 이렇게 위로받을 줄이야……."

"사표 안 내고 버티길 잘했네요."

"더 어려운 일이 와도 국민을 위해 참아 낼게요."

그들의 소감이었다. 그들 품에 나무칩과 함께 구 총주방장의 초자연초밥 포장 상자를 안겨 주었다. 그건 남편이거나 가족을 위한 선물이었다.

"송 셰프, 그럴 수 있습니까? 특종감이잖아요?"

조금 후에 도착한 이상백이 그 사실을 알았다. 굉장히 아쉬운 표정을 지었다.

"저는 하나도 안 미안한데요?"

윤기는 미동도 하지 않았다.

"아니, 송 셰프님 뜻은 알겠어요. 하지만 이런 미담은 널리 알려야 해요. 그래야 사회 풍토에 긍정적인 영향을 미친다고요. 그러니까 사진이라도 주세요."

"사진 안 찍었는데요?"

"기념사진도 안 찍었다고요?"

"밥 한 그릇 내면서 생색내기 싫었다니까요."

"셰프님."

"사진은 이제부터 찍으세요. 지금부터는 사진 좋아하는 분들이 오실 거거든요."

"됐고요, 저기 미식 하우스 1타 손님 누군지나 공개하세요."

"그것도 아세요?"

"아니, 지금 사람 뭘로 봅니까? 저 리폼 호텔 주방에 숙성 스테이크가 몇 개 있는지도 안다고요."

"안드레아 위탱."

"네?"

"그 사람의 소울 메이트가 옵니다."

"안드레아의 소울 메이트라면… 사무엘 석좌 기자요?"

"한 분이 더 있다고 들었습니다."

"이야, 결국 그분이 오시는군요?"

"하지만 지금은 다른 귀빈들이 먼저네요."

윤기가 이상백의 어깨 너머를 바라보았다. 정식 오픈이 될 런 치 타임, 그 예약 손님들이 속속 도착하고 있었다. 40분 단위로 100명씩, 300여 명이었다.

완판.

요리 예약이든 객실이든 완판 행진이었다.

연예인, 문화인에 기업 총수와 임원들, 국내외 미식가들 중심 이었다. 기존의 리폼 주방이라면 소화해 내지 못할 분량. 그러나 한 달여 동안 호흡을 맞춘 진규태 팀에 구 총주방장까지 가세하 자 문제가 되지 않았다.

분위기는 최고였다. 김혜주가 알선한 피아니스트와 수아의 막 간 공연 덕분이었다.

"성자의 셰프의 주인공 홍수아 양입니다."

주희의 소개 멘트가 나가자 박수가 쏟아졌다. 유명세 때문이 아니라 감동의 박수였다. 로봇 팔을 드러낸 수아였다. 자신의 단 점이지만 감추지 않았다.

"오빠의 선물이니까."

수아의 자랑이었다.

깊은 숲 청아한 공기 같은 목소리로 노래를 했다. 피아노는 더 없이 유려했다. 수아는 저절로 가수였다. 그 재능을 꺼내 준 김혜주가 고마웠다.

"오빠."

노래 두 곡을 끝내고는 달려와 윤기 품에 안겼다. 윤기보다 더 지독한 고난 속에서도 달아나거나 숨지 않던 수아. 그녀의 분투도 마침내 광명을 보고 있었다.

잠시 휴식하는 동안 김풍원이 도착했다.

"방금 잡은 녀석입니다. 아직도 따끈해요."

김풍원이 꺼내 놓은 건 통 생염소 한 마리 반이었다. 마장동에서 도축하기 무섭게 공수했다. 악어 대신이다. 따로 담아 온 간과 심장에 온기가 남았으니 두말할 것도 없었다. 이건 모슬리와 타이런이 이끄는 와일드 요리기사단, 프랑스에서도 잘나가는 미식가 집단을 위한 식재료였다.

갓 잡은 생염소.

숙성육도 좋지만 생고기는 더 좋다. 괴식이나 몬도가네풍을 선호한다면 더욱 그렇다.

오늘 예약한 기사단 일행은 모두 24명. 객실도 이그제큐티브나 스위트룸이었다. 호텔에서는 당연히, 이런 객실이 나가야 매출에 도움이 된다.

윤기가 염소 해체에 들어갔다. 수십 년 발골사 저리 가라 할 정도였으니 불과 20여 분 만에 쓸모에 따라 분리가 되었다.

요리 구성은 방콕의 악어와 유사했다. 넓적다리는 솔로몬 왕의 요리 타입으로 구웠다. 다만 갈비는 전부 동원했다. 1인당 1갈비를 맞춰야 하기 때문이었다. 어깨살은 따로 떼어 냈다. 이건 꼬치용이었다. 남은 건 눈송이처럼 다질 생각이었다.

[솔로몬왕의 넓적다리 구이]
[민스 커틀릿]
[와일드한 갈비구이]
[두부 햄버거]
[어깨살 꼬치구이]
[터프한 레드 와인]
[윤기표 힐링수]
[조개에 식용장미를 올린 제주도산 그린피스]

메뉴 구성이었다. 그린피스는 오픈 기념으로 모든 사람에게 제공되는 무료 아이템. 특별하게 신경을 쓴 게 있었으니 바로 두부 햄버거였다. 한국형 메뉴 하나쯤은 끼워 넣어야겠다고 판단한 것이다.

다다다닷다라랏.

양손의 칼이 연주를 하자 살덩이는 고운 눈송이가 되었다.

"와일드 기사단 도착하셨어요."

이리나의 인터폰이 들어왔다. 윤기가 황보준호를 데리고 나가 그들을 맞이했다. 이런 사람들에게는 주희보다도 베테랑이 더 잘 어울렸다.

"셰프."

모슬리가 먼저 손을 내밀었다.

"오시느라 고생 많으셨습니다."

"천만에요, 기대감 때문에 피곤한 줄도 몰랐습니다."

"타이런 선생님도요."

"나는 기내식도 거절했습니다. 셰프의 요리를 먹기 위해서 말이죠."

"저희 고문이신 벨몽도 박사님이십니다."

타이런이 70 초반의 남자를 소개했다. 은발이 잘 어울리는 사람이었다. 직업의식 때문인지 체취부터 파악했다. 나이에 비해 호쾌한 체취의 소유자였다.

"호텔부터 마음에 듭니다."

고문도 기대감에 찬 얼굴이었다.

"이 부장님, 모셔 주세요."

이리나에게 안내와 객실 배정을 맡겼다.

찰칵.

주희의 카메라가 돌아갔다.

[솔로몬왕 스타일의 와일드 염소 통요리]

공식 네임드였다. 팀원들의 의견으로 결정된 이름이었다. 이 요리에는 기준가격제를 적용했다. 윤기가 책정한 기준가격은 480만 원이었다.

"와아아."

단체석에 앉은 와일드 기사단이 환호를 했다. 요리 때문이었다. 푸른 연잎에 푸른 대나무를 쪼개 장식한 초대형 접시. 네 사람이 양쪽에서 들어야 할 정도였다. 무려 염소 한 마리 반이 투입된 것이다.

세팅을 마친 황보준호가 정중하게 물러났다.

비주얼부터 압도적이었다.

두툼한 민스 커틀릿을 두른 중심으로 갈비구이가 펼쳐지고 그 중심에 넓적다리 세 대가 놓였다. 심장과 간 요리는 뒤쪽에 포진.

지난번과 다른 건 꼬치였다. 그것들은 넓적다리를 추종하는 시녀라도 되는 듯 그 주변을 따라 장식되었다.

하지만.

그들은 진짜 미식가들이었다. 핸드폰을 들이대는 사람은 일부에 불과했다. 눈을 감고 요리의 풍미를 음미하는가 하면 어떻게 요리했는지부터 살피고 있었다.

풍미는 이루 말할 수 없이 좋았다. 한국에서는 흔하게 먹지 않지만 염소는 사실 세계적으로 가장 인기 있는 육류이기 때문이었다. 그 염소를 야성적으로 요리했다. 염소 뿔까지 장식으로 썼으니 더 실감 나는 순간이었다.

간단하게 요리 설명을 했다. 미식가들이다 보니 그걸 원했다.

그들은 뜻밖에도 두부 햄버거에 관심이 많았다. 노릇하게 구워 낸 두부 사이에 들어간 패티. 염소 요리 못지않게 고소한 냄새를 풍기고 있었다.

"일단 드서 보시죠."

윤기가 권하자 미식가들이 맛을 보았다.

"오?"

"키햐."

"와아앗."

여기저기서 감탄사가 터져 나왔다.

"두부로군요? 그런데 이 폭발적인 고소함에 완벽한 맛의 조화를 이루는 이 향미는?"

고문이 윤기를 바라보았다.

"한국의 두부를 들기름에 구워 낸 겁니다. 자부하건대 올리브 이상 가는 기름이죠. 이 두부는 간장, 달래나물과 함께 먹으면 더 조화로운 까닭에 두 가지를 가미해 버터로 구워 냈습니다. 살짝 씹히는가 싶다가 부드럽게 부서지니 고소하고 담백한 맛이 괜찮을 것으로 생각합니다."

윤기가 설명했다.

"괜찮은 정도가 아니에요. 이거 더 좀 준비해 주세요."

고문과 옆 사람들이 이구동성으로 소리쳤다.

요리가 와일드하니 와인도 타닌이 조금 터프한 맛으로 준비했다는 말을 마치고 물러났다. 요리가 식으면 곤란하기 때문이었다.

"셰프님."

황보준호가 엄지를 세워 보인다. 미식가들의 반응 때문이었다. 평가와 소감은 우아하지만 그들도 사람. 맛나게 먹는 건 황보준호의 눈을 피할 수 없었다.

"고맙습니다."

"뭐가요?"

"이런 기분을 느끼게 해 줘서요. 다시는 이 현장에 오지 못할 줄 알았습니다."

"딱 80살까지만 해 주세요."

"80은 몰라도 10년은 뼈를 갈겠습니다."

황보준호의 다짐이었다.

주방은 뜨겁게 달아올랐다. 예약 손님들의 추가 주문이 밀려 들었다.

"뒷일을 부탁합니다."

에르베와 진규태에게 당부를 남기고 퀵보드를 잡았다. 미식하 우스로 향했다. 사무엘이 올 시간이었다.

"셰프님?"

윤기가 정원에 들어서자 창혁과 순지가 고개를 들었다. 창혁 은 조수로, 여직원 순지는 주희의 추천으로 미식하우스 서빙을 담당하게 되었다.

"지금 전화하려던 참인데……."

"왜?"

"방금 도착하셨어요."

"……?"

윤기가 고개를 들었다. 정말 안쪽에 기척이 있었다.

"이것 좀."

퀵보드를 넘기고 안으로 향했다.

두근.

심장박동이 빨라졌다.

사무엘.

안드레아의 소울메이트.

현관문을 열자 그가 한눈에 들어왔다.

"……?"

윤기를 본 그가 고개를 돌렸다. 그러더니 뚜벅뚜벅 윤기에게 다가왔다.

안드레아가 신문사로 쳐들어간 날도 이랬다. 다른 기자들은 쳐다보지도 않지만 사무엘만은 전생을 향해 걸어왔다.

그날 그는 전생이 가져간 요리를 정성껏 먹어 주었다. 그리고 당대 최고 셰프의 한 사람으로 꼽히는 끌로드에게 소개해 주었다.

그를 만남으로써 성공 가도를 달렸던 안드레아.

어쩐지 오늘도, 그날처럼 좋은 느낌이 왔다.

두근.

윤기의 심박동은 점점 더 빨라졌다.

"송 셰프?"

사무엘은 불어였다.

"불어 할 줄 알아요?"

"네."

윤기가 답했다.

"사무엘입니다."

"말씀 많이 들었습니다."

"나야말로 그래요. 여기는 같이 온 자이체프 님."

"안녕하세요?"

옆의 남자가 악수를 청해 왔다.

"······?"

손을 잡던 윤기 시선이 살짝 흔들렸다. 체취가 굉장했다. 고요하면서도 온화한, 동시에 활기찬 생체 향. 완벽에 가까운 오미의 균형이었으니 이런 미식가는 흔치 않았다.

"베르나르가 같이 오고 싶었다는 말을 전해 달라고 하더군요."

"그랬으면 좋았을 것을요."

"여기가 셰프의 주방인가요?"

"이제부터 제 주방입니다. 기자님이 첫 손님이고요."

"영광이군요."

"어떤 요리를 해 드릴까요?"

"안드레아 요리를 공부했다고 하셨죠?"

"예."

"진짜 궁금해서 그러는데 어디까지 가능한 겁니까?"

"전부 다 가능합니다."

"셰프, 그건······."

불가능합니다.

사무엘의 표정이었다.

"하나둘 안드레아의 요리 궤적을 좇아가다 보니 그가 발표한 메뉴는 모두 마스터하게 되었습니다. 운이 좋았나 봅니다."

윤기가 설명을 덧붙였다.

"그렇다면 안드레아판 슈베칭겐의 '대세 아스파라거스'는 어떻습니까?"

슈베칭겐의 아스파라거스.

추억 돋는 메뉴가 나왔다.

안드레아가 사무엘을 찾아갈 때 가져갔던 첫 번째 메뉴였다. 그게 사무엘과 안드레아의 가교가 되었다. 이때까지도 사무엘은 아스파라거스에 부정적인 견해를 가지고 있었다. 그 자신이 어릴 때 심하게 체한 경험 때문이었다.

이후로 아스파라거스만 봐도 울렁증에 역한 냄새까지 느껴졌다. 아스파라거스가 함유한 아스파라거스 산이 문제였다. 아스파라거스는 소화 과정에서 휘발성 유황 부산물을 배출한다. 소변으로 나오면 역한 냄새가 날 때가 있다. 체한 경험의 사무엘이었기에 그 냄새에 더 민감했다.

당시 최고로 주목 받던 미식 기자. 그가 아스파라거스에 대해 한 번도 언급하지 않는 걸 의아하게 생긴 안드레아. 사무엘의 기사를 탐독하다 한 칼럼에서 그 사실을 알았다.

빌런답게 그걸 공략했다. 맛보기로 보여 준 요리 중의 하나가 바로 아스파라거스. 결론만 말하자면 사무엘은 그날 이후로 아스파라거스 요리를 먹을 수 있게 되었다.

슈베칭겐은 독일의 한 지역이다. 동시에 아스파라거스의 본산이다. 여기서 나는 것이 세계 최고의 품질로 꼽힌다. 최상급 메뉴는 화이트 아스파라거스를 데친 후에 홀란데이즈 소스를 더해 먹는 것. 이 소스는 계란과 버터가 주성분이었다.

그러나 평범했다. 사무엘 같은 기자들은 색다른 이슈를 좋아했다. 안드레아는 자신의 강점을 더했다.

[레오나르도 다 빈치]
천재의 이름을 끌어온 것이다.

[다 빈치의 기호를 올린 화이트 아스파라거스 요리]
한결 구미를 당기는 이름이 아닐 수 없었다.

"사무엘 님."

"역시 어렵죠?"

"아닙니다. 그거라면 바네토 베르데 소스에 찍어 먹는 산토끼 스튜가 어울릴 것 같아서요. 같이 올려도 되겠습니까?"

"바네토 베르데 소스의 산토끼 스튜?"

사무엘이 휘청 흔들렸다. 바로 그거였다. 안드레아가 보여 준 두 개의 메뉴 중에 또 하나. 지금까지도 잊지 못하고 있는 바네토 베르데 소스… 안드레아가 죽고 난 후, 그 어떤 셰프가 만들어도 성이 차지 않던 바로 그…….

"괜찮겠습니까?"

"……."

"그럼 준비해 드리겠습니다. 와인은 '폰타나 프레다 라 레프레'로 가도 될까요? 아, 이거 이탈리아산이니 이탈리아어로 받아들여 주세요."

"……."

사무엘은 또 한 번 말을 잊었다.

폰타나 프레다 라 레프레.

빌런 같은 와인이다. 맛은 가죽 향 비슷하다. 불어로는 의미조차 나빴다. 나병, 혹은 점점 퍼져가는 병이라는 뜻을 가지고 있다. 하지만 이탈리아어로 하면 '산토끼'였다.

그때도 그랬다. 사무엘이 애호하던 와인이 아니었다. 한편으로는 꺼림칙한 마음도 있었지만 요리와 매칭이 되면서 선입견이 사라졌다.

단 두 접시의 요리.

사무엘은 그것으로 안드레아의 광팬이 되었다. 자신의 거부감조차 기호로 바꿔 준 셰프. 이론의 여지가 없었다.

"그럼 자이체프 님은요?"

윤기가 동행자 의견을 물었다.

"저도 같은 걸로 하겠습니다."

자이체프는 담담했다. 마치 지상의 모든 요리를 다 소화할 수 있는 것처럼.

"창혁아, 와인 준비한 거 있지? 그중에서 랑게 네비올로 꺼내와."

"알겠습니다."

"두부 있지? 그것도 들기름에 부쳐 주고."

"네."

창혁의 복창을 들으며 칼을 꺼냈다. 폴 보스키가 황금보스키 상 선물로 준 그 칼이었다.

'잘 부탁해.'

칼등에 키스를 했다. 칼은 셰프에게 있어 또 하나의 손이니까.

재료가 나왔다.

[아스파라거스]

서양인들은 이걸 좋아한다. 대충 꼽아도 다 빈치를 시작으로 루이 14세와 괴테 등이 마니아로 꼽힌다. 괴테는 작가들 중에 최고의 미식가로 꼽힌다. 그가 남긴 기록을 보면 알 수 있다. 아스파라거스도 좋아했는데 편지에도 자주 언급할 정도였다. 루이 14세는 아예 궁전 안에서 길러서 먹었다.

다 빈치가 즐겨 먹던 '이것' 요리법에는 향유와 후추, 그리고 소금이 들어간다. 비율이 문제지만 윤기는 그걸 알고 있었다.

화이트 아스파라거스는 다이어트를 마친 죽순처럼 보인다. 홀란데이즈 소스는 이미 준비가 된 상태였다.

사무엘이라면, 이 오더가 나오리라 믿었다. 만약 아니라면, 강권이라도 할 생각이었다.

문제의 바네토 베르데 소스도 같이 준비해 두었다. 초록초록한 컬러다. 파슬리가 주재료이기 때문이었다. 여기에 뼈를 추린 엔초비 다섯 마리, 으깬 마늘 두 쪽, 케이퍼 한 술, 노른자, 빵의 야들한 속살을 넣고 갈아 낸 후에 올리브유와 발사믹 식초를 넣으면 끝이었다.

이 맛은 고기와 잘 어울린다. 특히 소고기와 토끼고기가 그랬다.

토끼 요리에는 특별히 돼지비계가 들어갔다. 맛을 부드럽게 하기 위해서다. 심장과 간도 빼놓지 않는다. 여러 향신료에 더해 랑게 네비올로 와인을 반 병 투하한다.

윤기가 핸들링 하는 소테 팬은 두 개였다. 다른 하나는 약간의 차이가 있었다. 부재료와 향신료가 반씩만 들어갔다. 와인도 당연히 4분의 1이었다. 토끼 피가 들어간 것도 한쪽 팬뿐이었다.

하지만 오늘은 그 반의반만 넣었다.

새로 추가되는 건 호텔에서 선보인 들기름에 구운 두부 햄버거였다. 동그랗게 모양을 잡아 둔 두부. 그 속에 끼울 패티 위에 태운 간장 캐비어를 올릴 생각이었다. 한국에 와 준 기념이었다.

자박자박한 토끼고기가 익어 가는 동안 아스파라거스와 두부 햄버거가 완성되었다. 가니쉬로는 껍질째 먹는 완두콩을 한 꼭지 올렸다. 노릇하게 익은 두부와 멋진 조화가 되었다.

절반의 레시피로 요리한 토끼고기가 먼저 익었다. 접시에 담고 구운 파슬리와 미니 양배추로 장식을 마쳤다.

"순지 씨, 서빙 부탁해."

윤기가 순지를 불렀다.

"드시죠."

세팅이 끝나자 윤기가 요리를 가리켰다. 인사만 하고 자리를 비켜 주었다.

"셰프님."

주방의 창혁이 윤기에게 다가왔다.

"왜?"

"이건 버리는 거죠?"

창혁이 작은 종지를 내밀었다. 작고 흰 알 두 개가 담겼다.

"아니, 쓸데가 있을 거야."

윤기가 웃었다.

"이걸요?"

창혁의 눈자위가 구겨졌다.

"그거 안 쓰게 되면 오늘 이 테이블은 실패일걸?"

"네?"

"그런 게 있거든. 그러니까 제 자리에 갖다 놔."

"네……."

창혁은 윤기의 지시에 따랐다. 하지만 그 고개는 더 깊은 각도로 갸웃거리고 있었다. 잘 쓰지 않는 식재료기 때문이었다.

얼마나 지났을까?

순지가 윤기를 불렀다.

"셰프님을 좀 뵈었으면 좋겠다는데요?"

"요리는?"

"아스파라거스와 두부 햄버거는 다 먹었는데 토끼고기는 조금 먹다 말았어요."

대답하는 순지의 표정이 어두웠다. 비싼 돈이 들어가는 미식 하우스의 특선요리들. 남겼다는 건 맛이 없다는 뜻이기 때문이었다.

"창혁아."

윤기가 창혁을 불렀다.

"네?"

"끓고 있는 토끼고기 말이야, 세팅할 준비 좀 해 줘."

지시를 남기고 테이블로 다가섰다.

"찾으셨습니까?"

윤기가 물었다.

"아, 셰프."

"요리를 다 드시지 않았군요?"

"배가 불러서요. 아스파라거스와 두부 햄버거를 먹었더니……."

카드를 꺼내 든 사무엘이 말을 이었다

"계산을 부탁해요."

"가시게요?"

"예, 잘 먹었습니다."

"토끼고기가 마음에 안 드셨군요?"

"아닙니다. 그만하면 괜찮았어요."

"사무엘 님이 맞군요."

윤기가 슬쩍 의표를 찔렀다.

"무슨 뜻이죠?"

가방을 챙기던 사무엘이 윤기를 바라보았다.

"죄송하지만 안드레아의 요리를 제대로 기억하는지 시험을 해 보았습니다. 결례를 용서 바랍니다."

"시험?"

"제 요리가 안드레아 셰프의 요리를 제대로 구현하는지 알려면 반대로 사무엘 님이 안드레아의 요리를 제대로 아는지도 확인해야 하니까요."

"셰프."

"지금 드신 것은 하프입니다. 입에 안 맞았을 겁니다. 오리지널은 지금 막 완성이 되었습니다."

"지금 말장난을 하자는 겁니까?"

"아뇨. 제게는 굉장한 손님이시거든요. 그래서 진짜 안드레아의 요리를 기억하고 계신지 알고 싶었습니다. 그래서 재료와 향신료를 절반만 넣었습니다. 맛만 조금 약해졌지 레시피는 같으니 대충 알아서는 흠을 잡기 어렵겠죠. 아니었습니까?"

"⋯⋯?"

사무엘의 이마가 서늘해지는 게 보였다. 윤기의 팩트 체크는 제대로 먹히고 있었다.

"오리지널을 먹어 보시고, 제 말이 틀리다면 오늘 요릿값은 받지 않겠습니다."

"셰프."

"다 드시고 마지막 코스까지 가셔야죠. '그것'도 준비가 되어 있습니다."

"⋯⋯?"

그것.

대명사로 감춘 단어에 사무엘이 흔들렸다.

"순지 씨."

윤기가 지시하자 순지가 새 토끼요리를 내왔다.

"⋯⋯?"

사무엘의 후각이 바로 반응을 했다. 아까처럼 무덤덤한 풍미가 아니었다. 버터와 돼지비계의 고소함에 쌉쌀한 토끼고기와 파슬리의 조화, 거기 촉매를 이루는 재료는 무화과와 사과⋯⋯.

"사무엘?"

일행이 사무엘의 주의를 환기시켰다. 그제야 사무엘의 긴장이 풀렸다.

꼴꼴.

이번 와인은 윤기가 직접 따라 주었다.

사무엘은 토끼요리 접시를 보고 있었다. 갈등이다. 새파란 셰프에게 시험을 당한 것이다. 그냥 자리를 박차고 갈 수도 있었다. 베르나르의 말이 그 발목을 잡는다.

―틀림없습니다. 복수의 미식가들이 인정했습니다.

베르나르는 사무엘의 적통이다. 현재는 르 몽드 최고의 미식 기자로 인정을 받는다. 게다가 사무엘은 한국까지 날아온 차였다. 풍미는 거의 99% 일치. 자존심을 내려놓고 시식에 들어갔다.

"……!"

토끼고기 단 한 점.

사무엘의 입안에서 즉각 폭발했다. 그 맛에 안드레아의 모습이 실려 왔다.

장담합니다.

맛이 없다면 평생 당신의 운전기사가 되어 드리죠.

그날 안드레아의 호언이었다. 기도 안 막히는 인간이었다. 이름도 들어 보지 못한 요리사 따위. 그런 주제에 르 몽드의 대표 미식 기자를 찾아와 대가 놀이를 하려 하다니.

그 오만은 토끼고기 한 점에서 무너졌다. 산토끼의 대표 요리,

왕실요리로 꼽히는 '리에브르 아 라 루아얄'은 저리 가라였다.

인간은 불가사의하다. 그중 하나가 미각이었다. 다른 감각이 바닥을 쳐도 미각만은 남아 있다. 맛에 대한 기억은 지워도 지워지지 않는 불멸의 메모리, 나아가 뇌에 새겨진 타투이기 때문이었다.

"안드레아……"

노기자의 눈가에 이슬이 맺혔다. 그는 알아보았다. 두 소테 팬에서 약간의 차이를 두고 요리된 토끼고기. 몸도 늙고 위장도 늙었지만 맛의 기억만은 늙지 않고 있었다.

"당신… 안드레아를 제대로 공부했군요?"

"인정해 주시니 감사합니다."

"여기에 한 가지가 더 들어갔죠? 부재료들의 분량도 더 들어갔지만."

"맞습니다."

"토끼의 생피……"

"그렇습니다. 안드레아는 토끼 한 마리당 약 $50ml$의 토끼 피를 넣었죠."

"그렇다면 아까 말한 그것……?"

"특별한 지인에게만 서빙하던 스페셜 가니튀르 말이군요?"

"설마했더니……"

"준비 중이니 바로 끝낼 수 있습니다."

윤기가 돌아섰다.

주방으로 돌아와 작고 흰 알 두 개를 각각 다른 기름에 튀겼다. 하나는 올리브유였고 또 하나는 참기름이었다. 곰취를 깔고 그 위에 플레이팅, 프랑스의 게랑드 소금을 뿌리고 서빙을 했다.

"안드레아표 리에브르 프레리 오이스터, 다른 말로는 마운틴 오이스터……."

접시를 받아 든 사무엘이 중얼거렸다.

"리에브르 프레리 오이스터라고요?"

앞자리의 일행이 물었다. 오이스터는 굴이다. 마운틴 오이스터는 '산의 굴'이다. 산에서 무슨 굴이 나온다는 걸까?

"자이체프는 드시면 안 됩니다. 이게 뭐냐면 교황청과는 어울리지 않는……."

사무엘이 일행을 향해 속삭였다. 자이체프 표정이 굳는 게 보였다.

교황청?

윤기의 촉도 함께 반응을 했다.

"……!"

일행의 눈자위가 바로 구겨졌다.

"셰프, 이걸 먹으면 진짜 프레리 오이스터도 나온다는 거죠?"

사무엘이 물었다.

"한쪽은 안드레아 셰프가 쓰던 기름, 또 한쪽은 코리아의 기름인데 새로운 맛입니다. 둘 중 마음에 드는 걸로 신청해 주시죠."

윤기가 말하는 사이에 사무엘이 흰 요리를 입에 넣었다.

"와우, 이 몸서리 쳐지는 고소함……."

다 씹기도 전에 사무엘의 진저리가 이어졌다.

"아아, 안드레아… 이 맛을 다시 볼 수 있다니……."

감격에 몸을 떨던 사무엘이 벽력처럼 소리를 질렀다.

"셰프, 프레리 오이스터, 그것도 두 가지 맛으로 튀겨 주세요."

빙고.

미식하우스의 첫 접대는 완전 성공이었다.

프레리 오이스터(Prairie Oyster).

Prairie는 대초원이고 Oyster는 굴이다. 합치면 초원의 굴. 소금은 바다에서만 나지 않는다. 그것처럼 대초원에 사는 굴도 있을까?

있다.

출처는 소다. 거세된 소의 고환을 프레리 오이스터라고 한다. 추출해 놓으면 굴하고 닮은 포스 때문이었다. 소는 원래 버릴 것이 없다. 그러니 수도 없이 거세된 수컷 소들의 구슬이라고 예외가 아니었다. 거세된 고환은 냉장고에 넣었다가 튀겨지면서 요리로 변신한다. 굉장히 고소하고 맛있다고 전한다.

조금 다른 종목으로 가면 수탉 고환이 있다. 주지하다시피 저유명한 세종대왕께서 사랑하던 요리였다. 진미로 꼽히는 '피난치에'에도 송아지의 고환이 들어가니 이상할 것도 없었다.

사무엘의 요청대로 올리브와 참기름에 튀겼다. 송아지의 그것이었다.

동행에게는 대구 턱살을 요리한 꼬꼬차에 초콜릿 수플레를 만들었다. 감칠맛 육수에 재운 대구 턱살에 허브와 후추를 뿌리고 솔잎 연기를 살짝 씌운 후에 치자즙 떨군 계란물을 입혀 익혔다. 계란의 노란색이 더 깊어졌다. 이름은 어렵지만 알고 보면 대구살전이라고 해도 다를 게 없었다. 역시 솔잎 향으로 훈제한

빨강 파프리카와 함께 플레이팅을 마쳤다.

"오, 이 위엄……."

사무엘의 감탄이 이어진다. 그냥 낸 게 아니기 때문이었다. 프레리 오이스터는 하얀 부팔라 부라타 치즈 덩어리에 꽂혔다. 가늘고 긴 대나무에 꽂아 디저트인 치즈 덩어리에 고정시킨 것이다. 치즈 위에는 두 가지 입자가 뿌려졌다. 트러플과 구운 옥수수 파편이었다.

"부팔라 부라타 치즈?"

사무엘은 그것조차 기억하고 있었다.

"이거라면 아무리 배가 불러도 못 참죠."

치즈를 뜨더니 그 위에 오이스터(?)를 올려놓는 사무엘. 꿀꺽 군침을 넘기기 무섭게 바로 입속으로 투하했다.

"화아."

바로 폭풍 입김을 뿜어낸다.

"이 치즈, 완벽하게 똑같은 텍스처네요. 보기에는 제법 옹골차게 굳은 것 같은데 입에 넣으면 물 묻은 솜사탕처럼 확 녹아 버리는… 크리미하다는 단어보다 더 크리미한 단어가 필요한… 그리고 바로 이어지는 오이스터의 고소하고 담백한 맛… 이걸 다른 셰프들은 못 한단 말이죠."

"부팔라 우유를 구하기는 했는데 아주 신선한 것은 아니었습니다. 프랑스나 이탈리아라면 좀 더 좋은 맛이었을 겁니다."

"코리아에서 이 정도면 천국이죠."

사무엘은 남은 오이스터와 치즈를 게 눈 감추듯 해치워 버렸다.

"그 요리는 어떤가요?"

그제야 동행을 챙긴다.

"이 꼬꼬차… 독특하네요."

자이체프의 반응은 진중했다.

"다른 곳에서 먹은 것들은 살짝 흐물거리는 식감인데 이 꼬꼬차는 탱탱에 가깝습니다. 젤라틴이 많은 부위인데 필렛 느낌이에요. 게다가 솔 향이 배서 혀를 즐겁게 하고요."

"고맙습니다."

윤기를 바라보니 윤기가 답을 했다.

"혹시 파르 살레와 리에브르도 익히셨나요?"

냅킨을 사용한 후에야 그가 물었다.

"물론입니다."

"제 말은 안드레아 셰프의 레시피로 말입니다. 오면서 사무엘님에게 들었는데 그 맛이 환상적이라고 하더군요."

"가능합니다."

"그럼 내일 저녁 요리로 예약할 수 있을까요?"

"그렇게 해 드리죠."

윤기가 답하사 그가 사무엘에게 눈짓을 보냈다. 둘만이 통하는 무엇이 있는 모양이었다.

"송 셰프, 오늘 엄청났어요. 아무래도 당신에게 안드레아의 혼이 씐 것 같군요. 뭐, 나한테는 행운이지만요."

"저도 행운입니다. 안드레아 셰프를 가장 잘 아는 분을 만나서요."

"그 친구는 빌런이었어요. 물론 나한테는 아니었지만… 하지만 송 셰프는 빌런도 아닌 것 같으니 더 마음에 듭니다."

"빌런을 원하시면 그렇게 해 드릴 수도 있습니다."

"아뇨. 셰프는 어쩐지 그것조차 가능할 것 같네요."

"즐거운 시간 되셨다니 다행입니다."

"아니면요? 내 소원이 죽기 전에 안드레아의 요리를 한 번만 더 먹어 봤으면 하는 거였습니다."

"저는 한 번으로 만족 못 하겠습니다만."

"아, 그런데 송 셰프."

사무엘이 윤기를 잡아끌었다.

"저기 저 자이체프 말입니다. 실은 교황청의 국무처장입니다."

"교황청?"

"안드레아를 공부했다면 안드레아가 이루지 못한 꿈이 있다는 것도 알 것 같습니다."

"……"

윤기 눈동자가 멈췄다.

안드레아가 이루지 못한 꿈. 팩트 체크를 하자면 눈앞에서 놓쳤다. 교황의 방문이었다. 날짜까지 받아 놓고 요리를 연구하다 불의의 사고를 당했다. 액체질소의 사고 때문이었다. 그 사고로 두 손이 날아갔다. 좌절의 스트레스가 쓰나미가 되면서 심근경색이 왔다. 유럽 최고 셰프 반열에 오른 안드레아의 마지막이었다.

"교황이라고 들었습니다."

"그 기회가 올지 모릅니다."

"네?"

"머잖아 교황께서 코리아를 방문할 겁니다. 자이체프에 의하면 판문점에서 만나 남북정상을 비핵과 평화선언을 중재해 줄 모양입니다."

"……."

"교황께서도 당신 이야기를 들었답니다. 얼마 전에 폴 보스키를 만났습니다. 교황이 그의 요리를 좋아했거든요."

"……."

"그에게 당신 이야기를 듣고는 여러 경로로 체크를 한 모양입니다. 그래서 교황의 복심으로 통하는 자이체프가 나선 겁니다. 저분은 교황청, 아니, 이탈리아 전체를 놓고 봐도 최상위 미식가에 속하거든요."

"저를 시험하러 오신 겁니까?"

"마지막 체크죠. 교황은 마음 놓고 다닐 수 있는 신분이 아니니까요."

"선발대다?"

"최근 들어 교황의 건강이 좋지 않습니다. 그러니 기분 전환도 필요하고요."

"사무엘 님."

"당신은 어떤가요? 안드레아의 요리를 배웠다지만 안드레아는 아니니……."

"안드레아의 꿈 때문에 교황을 만나고 싶지는 않습니다."

"거절인가요?"

"아뇨, 저는 송윤기로서 교황을 만나겠습니다. 기회가 주어진다면."

윤기가 잘라 말했다.

안드레아의 요리는 위대했다.

그 노하우는 윤기에게 고스란히 넘어왔다.

그 안에는 안드레아가 만났던 교황의 미식 신념도 들어 있었다. 그건 유념할 필요가 있었다.

사무엘이 떠났다.

미식하우스의 첫 매출.

기준가격의 세 배로 출발했다. 나쁘지 않았다.

처음에는 막강 끌로드 셰프에게 연결되는 다리가 되었던 사무엘. 그 굉장한 인연만큼은 아직도 유효한 모양이었다.

이번에는 교황.

그라고 예외는 아니다. 윤기의 테이블에 앉으면 미식 세계의 오묘함을 새겨 줄 뿐이다. 그리하여 그 위장과 미각에 윤기의 사인을 남기는 것이다.

타인의 뇌와 미각에 남기는 셰프의 사인.

이보다 더한 보람이 있을까?

첫날은 땀과 보람으로 저물었다.

그러나 윤기의 밤은 저물지 않았다.

모두가 퇴근한 밤, 홀로 남아 내일의 요리를 준비했다. 무엇보다 자이체프였다.

[리에브르]

lièvre [ljɛ: vʀ]

남성형 명사 [동물] 산토끼

이 토끼를 어떻게 요리할까?

다시 말하지만 미식가들이 원하는 건 참신함이었다. 그렇다고 난데없는 것을 원하는 것은 아니다. 오리지널에 바탕을 둔 참신함이라는 수식이 붙는 것이다. 오리지널을 버린다면 그건 그 요리가 아니니까.

눈에 보이는 재료들은 모두가 낯익었다. 익숙한 것에서 새로운 것을 찾아내는 게 셰프의 능력. 문제는 현대 요리의 식재료들이 규격화, 획일화되었다는 데 있었다.

"사장님."

김풍원에게 전화를 걸었다.

―어? 대표 셰프님?

"그냥 셰프라고 하라니까요?"

―웬일이세요?

"도움이 좀 필요해서요."

―저를 또 굴리시려는 거군요?

"죄송합니다."

―아닙니다. 셰프님 부탁이라면 용궁의 자라 간이라도 빼다 주라는 딸의 명령입니다.

"딸이 무섭네요?"

―셰프님도 장가가 보세요. 애들이 중2가 되면 부모들이 숨도 못 쉽니다.

"좀 색다른 식재료가 필요한데요. 예를 들면 푸아그라 대용품이나 밤 대용품… 값은 싸고 맛과 가성비는 뛰어난 거 말입니다."

푸아그라와 캐비어, 그리고 트러플.

셰프에게는 축복의 식재료들. 그러나 이번에는 쓸 생각이 없었다.

―그건 도둑놈 심보 아닙니까?

"사장님 능력이면 될 것 같아서요."

―음… 푸아그라면 뚠뚠한 칠면조나 비만 꿩 간으로 대체되려나요? 밤은 요즘 고구마나 호박도 밤 맛 나는 게 있는데…….

"그럼 쥐치 간은 구할 수 있을까요?"

―쥐치요?

"그거라면 푸아그라 대용품이 될 것도 같은데…….

―아흐, 쥐치가 손바닥만 한데 그 간을 언제 모아요? 게다가 요즘 쥐치 찾기가 하늘의 별 따기인데?

"한번 따 보세요."

―그럼 밤도 마름으로 구해 달라고 하실 판이네.

"마름요?"

순간 윤기의 머리에 불빛이 들어왔다. 마름은 들판 연못 같은 곳에 산다. 성가시지만 열매를 까면 밤 맛이 난다. 그걸 깜빡하고 있었다.

"마름도 구해 주세요."

―아고, 말이 씨가 된다더니 이놈의 주둥이…….

김풍원은 정감 어린 푸념을 늘어놓고 전화를 끊었다.

두드리면 열린다더니 길이 있었다. 그제야 퇴근 준비를 하는 윤기였다.

이틀 차의 리폼호텔은 더욱 호황이었다. 첫날 다녀간 고객들의 SNS 때문이었다.

ㄴ미슐랭 별 다섯도 아깝지 않아.
ㄴ이 요리는 보는 것만으로도 정화와 감동의 힐링
ㄴ5성보다 맛있고 편안, 가성비 가심비 동시 충전
ㄴ진심 강추합니다.
ㄴ이게 바로 대박 찐 호캉스지

SNS는 퍼 나르기로 무한 분열을 했다.
예약을 하지 않은 고객들이 현장으로 달려왔다.
"빈자리 날 때까지 기다릴게요."
"나는 세 배로 내겠습니다. 테이블 하나 주세요."
사람들이 아우성치자 구 총주방장이 나섰다.
"송 셰프, 기왕 이렇게 된 거……."
의견이 나왔다.
"좋은 생각이신데요?"
윤기가 바로 팔을 걷어붙였다. 구 총주방장과 힘을 합치니 생각이 요리가 되어 나왔다.

[초자연초밥 3개 포장]

깔끔한 용기에 담아 기념품으로 안겨 주었다. 매진인 줄 알면서도 찾아준 데 대한 보답이었다. 손해 보는 장사가 아니었다. 호텔 이미지 관리에 맛을 홍보하는 계기도 되었다. 무엇보다 성의를 보여 줌으로써 사람들의 설득이 쉬워졌다.

"역시 총주방장님이세요."

윤기가 구 총주방장에게 마음을 전했다. 그와 함께 온 황보준호의 격조 높은 응대도 한몫을 했다. 나이 지긋하고 노련한 웨이터가 고개를 숙이고 기념품을 전하니 진심을 느낀 것이다.

장태산 부사장도 놀지 않았다. 그가 유치한 VIP는 물론이고 다른 VIP들의 객실 안내와 설명도 자처했다. 심지어는 요리 테이블에서 서빙도 거들었다.

"부사장님."

윤기와 마주치자 그가 말했다.

"서빙은 셰프님도 가끔 하시잖아요?"

할 말 없었다.

정말이지 그 역시 호텔업을 위해 태어난 사람 같았다.

저녁은 다시 미식하우스 주방이었다.

사무엘과 자이체프 이전에 여섯 명의 귀빈을 접대했다. 김혜주가 보낸 패션과 향수 관련 업체의 임원들이었다. 그들의 오더는 다 빈치 세트와 초자연힐링세트, 그리고 쿨리비악이었다. 서비스로 그린 허브 오일을 곁들인 어린잎 채소 가르구이유를 주었더니 테이블이 뒤집어졌다.

비주얼과 조리법 때문이었다. 윤기는 몇 가지 원칙을 사수했다. 뿌리채소와 잎채소를 삶는 냄비의 분리, 물로 삶기도 하지만 채소의 특성에 따라 쿠르 부이용에 삶거나 오렌지 플레이버를

첨가해 향미를 살려 낸다. 때로는 올리브오일도 사용한다.

물론 미량의 베이킹파우더를 넣기도 한다. 베이킹파우더 한 꼬집은 채소의 자연 색감을 살려 내는 마법이기 때문이었다.

그러나 딱 한 꼬집이다.

더 들어가면 채소 색감이 무거워진다.

이렇게 준비된 가르구이유는 모든 사람을 즐겁게 만들었다. 봄의 한 모서리를 숭덩 베어다 놓은 듯했으니 포인트로 올린 흰빛과 보랏빛 제비꽃의 자태가 더욱 그랬다.

라스트는 마스카르포네와 앙글레즈 소스를 쓴 초콜릿 테린에게 맡겼다. 아이스크림 한 조각을 올려놓은 듯한 마스카르포네 치즈의 매력으로 성찬을 갈무리한 것이다.

"감동이었어요."

"이런 요리는 외국 미슐랭 쓰리 스타에서나 가능한 줄 알았더니……"

모두가 만족스러운 얼굴로 미식하우스를 떠났다.

"셰프님."

창혁이 턱짓을 했다. 사무엘과 자이체프의 도착이었다. 예정보다 20분 빨랐다. 빠르다는 것, 윤기에게는 긍정적인 시그널이었다.

"실은 우리가 저 앞 신마호텔에 묵고 있어요. 내 에이전시가 저곳 클래스가 더 높다고 덜컥 예약을 해 놨지 뭐예요. 캔슬하자니 환불은 불가하다니 어쩌겠어요?"

사무엘의 설명이었다. 창혁의 표정은 미묘하게 변했지만 윤기는 섭섭하지 않았다. 오히려 뿌듯했다. 신마호텔에서 자고 리폼 호텔에서 요리를 먹는다? 절반의 통쾌함이다. 설명이 필요 없는 상황이었다.

"잠시만 기다려 주세요."

전채로 윤기표 음료에 고르곤졸라 치즈와 에스푸마로 분위기를 낸 비트 샐러드를 내주었다. 분자요리를 하는 김에 카라기난을 이용한 간장젤리 한 조각도 딸려 주었다. 반투명한 젤리 판 안에 어린 아스파라거스 두 조각을 넣었다. 조각 사이에 달콤새콤한 유자 캐비어 세 알을 장식했으니 보기에도 유려했다.

[리에브르]

즉 토끼 두 마리.

프랑스의 토끼고기 요리는 왕실풍으로 조리하는 게 대세였다. 심지어는 오리지널에 가까운 리에브르만 고집하는 미식가도 많다. 레시피는 어렵지 않다. 앞 뒷다리와 목둘레의 살을 다져 내고 넓게 포를 떠낸 부위로 말아 구워 내는 식이다.

산미가 강한 레드와인을 더한 육수는 이미 완성되어 있었다. 여러 부위의 고기와 노릇하게 구워 낸 뼈를 함께 우렸다. 셰프에 따라 푸아그라나 트러플 등을 첨가한다. 기본적인 문제는 토끼의 누린내 제거지만 윤기에게 문제가 될 건 아니었다.

식재료를 펼쳐 놓았다. 지켜보는 창혁의 시선은 조금 혼란스러웠다. 특히 쥐치 간과 마름에서 그랬다. 처음 보는 식재료였다. 레시피를 봐도 그랬다. 이런 식재료의 언급은 어느 레시피에도 없었다.

다다다닷.

윤기는 칼질 교향곡을 연주 중이다. 눈송이처럼 다져 낸 고기는 제대로 치댔다. 어찌나 치대는지 창혁이 보기에는 다진 고기를 재결합시키는 과정처럼 보였다. 나중에 보니 밀가루 반죽처럼 단단해졌다. 모양을 잡아 화덕 중심에 넣었다. 이 화덕은 윤기의 고안대로 만들어진 특제였다. 숯불이 아래가 아니라 내벽 둘레에서 나온다. 내벽 둘레에 그물망을 설치하고 숯을 넣음으로써 균등한 화력을 먹일 수 있게 되었다.

숯은 너도밤나무였다. 아래로 떨어지는 육즙은 따로 받아 위에서 부어 준다. 겹겹이 풍미를 씌우는 것이다.

토끼고기가 익어 가는 동안 파르 살레를 만든다. 메밀은 배젖이 있는 중심만 갈아 낸 가루를 사용했다. 가장 부드럽게 가는 것이다. 반죽 안에 들어갈 재료는 블랙 체리를 썼다. 창혁이 그 살을 발라 내고 있었다.

"스톱."

윤기가 창혁을 막았다.

"네?"

"씨를 빼면 안 돼."

"왜요? 체리 씨에는 독이 있잖아요?"

"그건 씨를 깨뜨렸을 때의 일이고, 그걸 빼면 파르 살레가 익었을 때 체리 물이 흘러나와 너저분해 보여. 게다가 씨 표면에서 우러나는 아몬드 맛도 나지 않고."

"아."

창혁이 체리를 내려놓았다. 어설프게 아는 것, 그 한계였던 것.

땡.

오븐의 타이머 알람과 함께 요리가 끝났다. 파르 살레가 나오고 리에브르도 나왔다. 오븐을 거친 리에브르는 숯불 때보다 볼륨이 더 높아져 있었다.

[검은 체리를 넣은 파르 살레]
[풍조목 소스를 곁들인 리에브르]

찰칵.

요리는 당연히 카메라부터 받았다. 주희가 없으니 윤기가 직접 촬영을 했다. 새로운 메뉴가 될 수 있기 때문이었다.

"……!"

요리를 받아 든 자이체프의 시선이 멈췄다. 반대로 사무엘은 관전자 모드였다. 오늘의 메인은 자이체프이기 때문이었다.

리에브르는 금빛 원형의 시어링을 뿜내고 있었다. 둘레부터 머리까지 그랬다. 겉은 바삭한 느낌이 들었다. 풍조목 소스와 버터 향이 은은한 가운데 플레이팅이 하나하나 눈에 들어온다. 위쪽에 노란 알구이를 깔고 그 위에 또 노랑 캐비어를 올렸다. 볼륨이 높아진 이유다.

마무리는 결정화된 제비꽃 한 송이. 보기만 해도 달달한 행복이 느껴지는 옆에 바질 한 잎이 누웠다. 메인 옆으로는 삶아서 구워 낸 어린 솔방울 하나. 거기서 여백을 장악한 솔잎 한 송이가 화룡점정을 찍었다.

"이제부터 영상을 좀 찍어도 되겠습니까?"

자이체프가 허락을 구해 왔다.

"얼마든지요."

윤기가 답하자 가방에서 카메라가 나왔다.

잠시 숨을 고른 자이체프, 나이프와 포크를 들더니 요리를 반으로 갈랐다. 아주 능숙한 손놀림이었다.

"……?"

자이체프의 시선이 출렁거렸다. 밖으로 드러난 비밀의 단면에 한 번 놀랐다. 겉보기에는 고기 한 덩어리였지만 그게 아니었다. 리에브르는 무려 5층이었다.

맨 아래 것은 파스텔톤의 황금색이었다. 두 번째는 푸아그라처럼 보이고 세 번째는 슬라이스로 썰어 낸 소시지 같았다. 네 번째는 샛노란 빛깔의 젤라틴… 토끼고기는 바벨탑처럼 그것들 위에 자리 잡고 있었다.

자이체프의 손이 한 번 더 움직였다. 먹기 맞춤하게 한 조각을 잘라 낸 것이다.

"으음……."

입에 물기 무섭게 신음을 토했다.

그는 한참을 그렇게 있었다. 목 넘김이 끝났음에도 더는 시도하지 않았다.

"자이체프 님."

사무엘이 그를 바라보았다.

"뭐가 잘못되었습니까?"

그렇게 물었다. 사무엘은 풍미를 맡았다. 오미의 향연 폭풍이었다. 그러나 풍미로는 미묘한 쓴맛 같은 것까지 알 수 없었다. 맛의 조화도 그랬다. 강한 냄새 속에 숨은 불협화음은 오직 미각으로만 알 수 있다.

사무엘도 시식에 들어갔다. 반으로 가르고 한 점을 시도한다.

"흐읍."

두 번을 씹기도 전에 그의 동작도 멈췄다.

"맙소사, 이건……."

사무엘이 자이체프를 바라보았다.

"오미의 시간 차 강림… 맛의 절정입니다."

그제야 자이체프가 중얼거렸다. 그가 나이프와 포크를 내려놓는다. 하지만 약간 시간이 걸렸다. 동시에 목젖도 저절로 꿀럭거렸다.

[먹어 줘]

[계속 먹어 줘]

자이체프의 표정근이 말하고 있었다. 그걸 누르는 건 그의 인내심이었다. 윤기는 그걸 알았다. 그러니 한결 여유를 찾았다.

"그렇군요. 서로 다른 질감에 서로 호응하는 맛의 조화… 달콤하고 부드러운가 하면 새콤 강렬하고. 담백한가 싶으면 고소하면서도 진한 감칠맛으로 이어지는… 하지만, 그런데 왜?"

안 드십니까? 사무엘이 눈으로 물었다.

"이건 교황 성하가 먼저 드셔야 할 것 같아서요. 저는 시식의 소명으로 만족합니다."

시식의 소명.

그의 이유였다.

맞는 말이었다. 황제나 대통령 등의 요리는 시식자가 따로 있었다. 그들은 요리의 일부를 덜어 안정성과 맛을 체크한다. 그런 면에서 보면 자이체프는 최고의 시식자였다. 미식가에 더불어 절제된 인내심까지 갖추고 있었다.

"제가 교황 성하의 일로 왔다고 말씀드렸다고요?"

그가 사무엘에게 물었다.

"그래야 공정할 것 같아서요."

사무엘이 웃었다.

"셰프."

자이체프가 윤기를 바라보았다.

"예."

"그래서 특별한 방법을 동원한 건가요? 교황을 모시기 위해서?"

"교황……."

잠시 숨을 고른 윤기가 답을 내놓았다.

"미안하지만 제가 생각한 건 교황이 아니라 노인이었습니다. 미각의 기억은 맹렬하지만 미각 자체는 쇠퇴해 가는……."

"노인?"

"교황께 실례가 될지 모르지만 제 요리는 신분을 중요시하지 않습니다. 제가 고려하는 건 그 사람의 식성이나 상황일 뿐입니다."

"진심··· 입니까?"

"선입견이라는 건 요리에서도 우려스러운 것으로 압니다만."

"······."

"······."

"미안합니다. 워낙 중대한 임무다 보니······."

"최선을 다할 뿐이니 이해해라?"

"그렇습니다."

"하지만 제 눈에는 최선을 다하는 것으로 보이지 않습니다."

"내가요?"

"예."

"이유가 뭐죠?"

"요리는 생물입니다. 죽은 게 아니라 살아서 움직여요. 맛 역시 시간의 흐름에 따라 더 좋아지기도 하고 나빠지기도 합니다. 그런데 맛만 보고 말았습니다. 굉장한 수준의 미각을 가진 것은 알겠지만 그래도 모르는 게 요리입니다. 중요한 분을 위한 소명의 자리라면 마지막 한 점까지 다 먹어 보시는 게 최선 아닐까요?"

"······?"

자이체프의 눈빛이 굳었다. 신경을 건드린 걸까? 윤기는 후회하지 않았다. 요리사로서 정도를 알려 준 것뿐이었다.

"푸하핫."

잠시 골똘하던 자이체프가 파안대소를 터뜨렸다.

"사무엘 님."

"예?"

"이 셰프, 정말 괴물이군요. 내 정곡을 제대로 찔렀어요. 사실 위장이 지금 쿠데타를 일으킬 정도거든요."

"안드레아의 요리를 소화하려면 괴물 이상이어야 하죠. 앞으로도 각오 좀 하셔야 할 겁니다."

"셰프."

자이체프가 윤기를 불렀다.

"내 식견이 짧았어요. 시식이란 게 본시 안전성과 맛을 보는 개념이다 보니 거기 너무 얽매였네요. 셰프의 말에 따르겠습니다."

자이체프가 나이프를 집어 들었다.

와인 한 모금을 넘기더니 토끼고기를 먹기 시작했다. 한입 가득 우물거리며 윤기를 바라본다. 뿌듯한 모습이다. 맛에 취하면 포커페이스들조차도 감출 수 없는 저 표정근…….

행복해.

행복해.

그의 표정근이 하는 말이 들릴 것만 같았다.

정중한 예의와 함께 윤기가 물러났다.

"셰프님."

주방 앞의 창혁은 가슴을 졸이고 있었다.

"추가 오더가 나올 거야."

"네? 방금 전에는 안 먹는다고 했었잖아요?"

"레시피도 변하는데 사람 마음은?"

"셰프님……."

"그런 걸 알아차리는 것도 좋은 셰프의 자질이야."

윤기가 칼을 잡았다.

"셰프님, 리에브르 추가 오더입니다."

순지가 새 주문을 알렸다.

10분 안에 따끈한 요리를 올렸다. 얼마가 지나자 호출 요청이 왔다.

"최고였습니다."

윤기가 테이블에 다가서기도 전에 자이체프의 박수가 나왔다.

"감사합니다."

"리에브르 아 라 루아얄의 새로운 해석이었죠?"

"코리아풍으로 해석해 보았습니다."

"설명을 들어도 될까요?"

"어떤 것부터 말씀드릴까요?"

"오미, 육미, 칠미… 모든 게 다 궁금합니다. 이건 요리가 아니라 미각의 연주였어요. 그것도 웅장하고 우아한 교향악단의……."

"과연 굉장한 미식 능력이시군요."

"제대로 감상한 겁니까?"

"맨 아래부터 가죠."

"단밤 콩피?"

자이체프의 목소리에는 확신이 없었다.

"반만 맞혔습니다."

"반?"

"콩피였지만 식재료는 밤이 아니라 이것입니다."

윤기가 작은 콩알만 한 열매 속살을 보여 주었다. 노란빛에 더불어 보라색이 나고 있었다.

"이게 뭐죠?"

"코리아에서 나는 마름이라는 들풀의 열매입니다."

"마름?"

"맛을 한번 보시죠."

윤기가 권하자 자이체프가 생열매를 씹었다.

"부드럽고 상쾌한 밤 맛이 나요."

자이체프가 두 개를 사무엘에게 넘겼다.

"정말 그렇군요. 밤보다 상큼하고 크리미한 맛이네요."

사무엘도 놀란다.

"밤의 단맛은 토끼고기와 좋은 시너지를 이루지만 조금 식상하죠. 게다가 조금 직설적인 측면도 있고요. 하지만 마름의 단맛은 소녀처럼 부끄럽게 다가옵니다. 마음을 설레게 하는 단맛이죠."

"무조건 공감합니다."

"두 번째로 갈까요?"

"푸아그라였나요? 그러나 굉장히 독특했던?"

"맞습니다. 그 시린 질감의 푸아그라… 사실은 한국에서 나는 생선 쥐치의 간이었습니다. 다시마에 감싸 화이트와인에 재웠다가 사용했지요."

"쥐치?"

"세상에는 몇 가지 맛난 간이 있습니다. 푸아그라, 아귀의 간, 그리고 쥐치의 간입니다."

윤기가 핸드폰의 화면을 보여 주었다.

"맙소사, 진짜 생선이었군요?"

"네."

"우유 맛도 나는 것 같던데?"

"두유였습니다. 간수에 넣고 열을 가해 응고한 것을 쥐치의 간과 함께 요리했죠. 두 가지 단백질의 이중창 연주를 위한 궁리였습니다."

"오."

"세 번째 것은 알고 계시리라 믿습니다."

"초리조?"

"그렇습니다. 소시지죠. 다른 초리조와 다른 건 파프리카 가루를 쓰지 않고 파프리카의 연한 속살을 중심으로 만들었습니다. 그래야 더 부드럽고 단맛이 나거든요."

"어쩐지……."

"네 번째의 노란 층은 새콤달콤한 맛을 위해 유자와 유채를 한천으로 굳혔습니다. 그 칠미를 도레미파솔라시도처럼 크레센도에서 데크레센도로 느껴지도록 배열했습니다. 풍미에 간격을 둬서 미각의 즐거움을 더한 거죠."

"미안하지만 비용은 얼마나 들까요?"

"그렇게 비싸지는 않습니다. 쥐치의 간 같은 건 푸아그라처럼 고가도 아니고 마름 역시 버려지는 경우가 태반입니다. 다른 재료들도 평범합니다. 다만 정성이 많이 들어가지요."

"사치스러운 식재료 대신 정성?"

"네."

윤기의 대답에 자이체프의 표정이 밝아졌다.

"셰프, 잠깐만요."

자이체프가 핸드폰을 잡았다. 영상을 전송하고 문자를 보낸다. 시간이 조금 흘렀다. 사무엘이 찡긋 격려의 미소를 보낸다. 그때 자이체프의 전화기가 울렸다. 그가 통화를 시작한다. 그러다 잠시 멈추더니 윤기를 돌아보았다.

"셰프."

"네?"

"교황 성하십니다."

"네?"

"영상통화인데 교황 성하께서 셰프와의 통화를 원하고 계십니다."

교황 성하?

"괜찮겠습니까?"

"……?"

"받아 봐요."

사무엘이 윤기를 툭 건드렸다. 그제야 윤기 정신이 제자리로 돌아왔다.

제4장
—
미국 푸드방송의 레전드 레이철

　—안녕하세요?

　교황은 이태리어를 썼다. 옆에 통역이 있었다.

　교황 아클레토.

　많이 늙었다. 안드레아가 처음 만났을 때는 50대 중반이었다. 그사이에 20년이 넘는 세월이 흘렀다. 이제는 훌쩍 80에 가까운 몸. 그래도 기품은 더 엄중하게 변했다. 세월이 가면 거목이 되는 나무처럼, 그가 가는 성인의 길은 더 깊어진 것이다.

　"안녕하세요."

　윤기가 예의를 갖추었다.

　—젊은 셰프께서 대단하시네요?

　"감사합니다."

　—리에브르… 환상적입니다. 영상을 보는 것만으로 침이 고였

어요.

"감사합니다."

—머잖아 코리아를 방문하게 될 것 같습니다.

"네……."

—공식 일정을 끝내고 셰프의 요리를 청하고 싶군요. 가능할까요?

"영광입니다."

—자세한 건 자이체프가 설명해 줄 겁니다.

"네."

—그럼…….

마무리와 함께 교황의 영상이 꺼졌다.

"셰프님."

테이블에는 윤기와 자이체프만 남았다. 사무엘은 자리를 비켜주었다.

"일단 한 가지 옵션이 있습니다."

"말씀하세요."

"성하께서 여기 오는 것은 보안에 붙이셔야 합니다."

"보안이라고요?"

"성하께서 이 레스토랑을 방문하는 게 알려지면 엄청난 혼란이 일 겁니다. 성하를 보려는 사람들이 몰려들 수 있거든요."

"네……."

"성하께서는 지금 건강이 좋지 않습니다. 셰프님 호텔이 표방하는 미식힐링 아시죠? 그게 좀 필요한 상황입니다."

"이해가 됩니다."

"요리는 리에브르와 쿨리비악 정도면 됩니다. 다른 요리를 일절 추가하지 마십시오. 나아가 요리는 지나치게 화려하거나 양이 많아서도 안 됩니다. 다른 고객들이 먹는 그대로거나 적게, 혹시 그 이유를 아십니까?"

"그레고리우스 교황님의 말씀 아닙니까?"

"오!"

자이체프가 짧은 감탄을 터뜨렸다.

"당신… 과연 굉장하군요. 그 나이에 황금보스키상을 수상한 게 우연이 아닙니다."

"감사합니다."

윤기가 답했다.

탐식의 죄악.

안드레아가 교황을 초청할 수 있었던 단초의 하나였다. 역대 교황들 중에는 탐식 자체를 죄악시하는 사람들이 있었다. 그레고리우스가 대표적이었다. 호화로운 요리를 원하면 타락자, 탐식을 경계하는 수도자의 자세였다.

그날.

안드레아와 아클레토 교황의 대화가 윤기 기억 속에 또렷했다.

"탐식은 죄악이죠. 누가 말했을까요?"

아클레토 교황이 물었다.

"그레고리우스."

안드레아가 말하자.

"그분과 짝꿍을 이루는 철학자가 있지요. 그 사람도 알까요?"

그레고리우스는 호화로운 요리를 경계하던 교황이었다.

"토마스 아퀴나스."

안드레아의 대답이었다.

"당신의 테이블 초대에 응하겠습니다."

선문답 같은 대화는 길지 않았다. 아클레토 교황의 승낙이 떨어진 것이다.

"그렇다면……."

윤기가 운을 떼고 나왔다.

"말씀하세요."

"교황께서 다녀가신 건 영원한 비밀입니까?"

"그렇지 않습니다. 다녀간 후에는 발표해도 됩니다. 단 과장하거나 하시면 안 됩니다."

"요리만 발표하겠습니다."

"그런 거라면 문제가 없습니다."

"자이체프 님도 함께 오시나요?"

"아마 그럴 겁니다. 하지만 저는 동석하지 않습니다. 테이블은 오직 성하께서만."

"알겠습니다."

"시간은 유동적입니다. 남북정상 간의 회담이 어떻게 될지 몰라서요. 만에 하나, 그 계획이 취소된다면 이 약속도 취소입니다."

"기억해 두죠."

"오늘 요리, 진짜 감동이었습니다. 교황청으로 돌아가면, 아직도 남아 있는 이 여운을 성하께 그대로 전하겠습니다."

"감사합니다."

자이체프가 일어섰다.

"셰프."

이별을 앞두고 사무엘이 다가왔다.

"기자님."

"당신과의 만남… 내 인생의 새로운 전환이 되었습니다."

"저도 그렇습니다."

"듣자니 미국 푸드네트워크 조나단의 새 프로그램에도 캐스팅이 되셨다고요?"

"그건 또 어떻게 아셨습니까?"

"베르나르가 그러더군요."

"곧 방송 팀이 올 겁니다."

"알아요. 저도 거기 찬조 출연을 요청받았거든요."

"네?"

"안드레아 위탱의 요리를 완벽하게 구현하는 셰프. 그걸 검증하려면 누가 적합할까요?"

"아……."

윤기가 날숨을 토했다. 반박의 여지가 없었다. 안드레아의 요리라면 사무엘보다 잘 아는 사람이 있을 수 없었다.

"셰프의 능력을 믿어 의심치 않지만 방송에서도, 멋진 요리 선보이시기 바랍니다. 솔직히 안드레아 그 친구… 너무 일찍 떠났거든요."

"……."

"지나친 우월감과 요리에 대한 지배욕 때문에 비난을 받기도 했지만 천재입니다. 천재는 일반인과 같은 잣대로 평가해서는 안 되죠. 나는 그게 못내 아쉬웠는데 셰프를 보니 한결 위로가 됩니다."

"……?"

"셰프의 성품 때문이에요. 빌런으로 폄훼받던 안드레아… 그 덕분에 그의 요리까지 묻혀 가던 판이었어요. 하지만 당신의 성품은 안드레아와 대척점에 있는 것 같네요."

"어떻게 아시죠? 사무엘 님은 저와 두 번째에 불과한데요?"

윤기가 짐짓 물었다. 그의 느낌을 알고 싶었다.

"눈빛이죠. 안드레아를 바라보면 그의 눈이 호령을 해요. 나 안드레아야. 자신감과 오만이 타인의 눈빛을 찢어 버리죠. 그런데 당신은 내가 보낸 눈빛을 내치지 않고 받아먹어 버리네요. 이런 사람들은 오븐에서 갓 꺼낸 요리처럼 속마음이 따뜻하지요."

"그래서 교황의 일을 엮어 주셨군요?"

"다리를 놓기는 했지만 교황은 제가 엮는다고 엮일 신분이 아닙니다."

"……."

"다행히 그분도 안드레아를 안타까워하고 있더군요. 자신에게 바칠 요리를 연구하던 중에 생긴 사고가 치명적이었으니까요."

"……."

"안드레아에게 있어 교황은 특별한 고객이었습니다. 그가 자신의 테이블에 앉히고 싶던 명사들 가운데 하나였으니까요."

"……."

"당신은 안드레아라는 인간과는 상관없는 사람이지만 그의 요리를 마스터했다니 안드레아의 꿈을 이루어 주는 것도 나쁘지 않을 것 같았습니다."

"모든 것을 떠나 한 사람의 셰프로서 교황을 맞을 준비를 하겠습니다."

"그래 주세요."

사무엘의 격려였다.

"셰프님."

사무엘이 떠나가자 창혁이 다가왔다.

"좋은 일이 생긴 거 같아요. 맞죠?"

"응, 그렇기는 하지만 아직은 미정."

윤기는 자이체프와의 약속을 지켰다. 창혁에게도 말하지 않은 것이다.

교황의 방문.

피가 후끈 뜨거워졌다.

안드레아를 떠나 윤기에게도 더없는 영광이 될 일이었다. 성사만 된다면, 리폼은 또 한 번 각광을 받을 것이다. 그렇게 되면 외국 미식가들도 러시를 이룰 게 분명했다.

하지만.

그것조차 다음번의 일.

당장은 레이철과의 방송이 코앞이었다. 숨 돌릴 틈도 없이 바쁜 일상. 최근 들어 24시간 내내 피로하고 일주일 내내 빠듯한 강행군이다.

그럼에도 문제가 없는 건 윤기의 요리에 열광하는 사람들이 있다는 것. 그게 윤기의 에너지를 화수분처럼 만들어 주었다.

[미슐랭 쓰리 스타에 버금가는 미식 호텔]
[힐링 호텔의 새 역사를 열어젖힌 리폼]
[명품 요리와 명품 숙박으로 유토피아의 하루]

호평이 쏟아졌다. 방송보다 인스타그램, 유튜브 등이었다. 인터넷 역시 조용하지 않았다. 오픈 3일 동안 다녀간 사람들은 각자의 분야에서 일가를 이룬 대가들이 많았다. 그들이 올린 SNS는 파급력이 막강했다. 무엇보다 연예인들이 그랬다.

그렇다고 해도 핵심은 요리였다. 루틴으로 주문할 수 있는 LGY 스테이크를 시작으로 황금보스키상에 빛나는 쿨리비악에 역사 속 왕들의 성찬. 거기에 더한 다 빈치나 괴테 등이 애정하던 요리들까지 더하니 문화적인 욕망까지 충족을 시켰다. 단순히 맛있는 요리가 아닌 것이다.

세상은 도미노다.

불행한 사람에게는 불행이 달려들고 행복한 사람에게는 행복이 달려든다. 윤기와 장태산의 전략은 제대로 맞아떨어졌다. 초반, 유명 인사들을 유입시킴으로써 경영 실적에도 청신호가 켜졌다.

"아하핫."

첫 3일에 대한 평가 자리도 화기애애했다.

여기서 장태산이 맞난 전략을 하나 내놓았다.

"셰프님, 이거 어떨까요?"

"뭐죠?"

윤기가 물었다.

"데일리 추첨 시스템을 도입하면 좋겠습니다."

"데일리 추첨?"

"이대로 가면 6개월이나 1년 이전에 예약을 해야 합니다. 제가 볼 때 이건 호텔 경영에 바람직하지 않습니다."

[데일리 추첨]

3개월 이상 예약 만료 상황에 이르자 고객의 관심을 꾸준히 끌어모을 수 있는 방안의 제시였다.

─예약 완료, 완판, 품절.

사업자 입장에서는 최고의 단어들이다. 소비자 입장은 조금 다르다. 인기 아이템이라면 오기를 불러일으킨다. 다음번의 치열한 경쟁에 유입되어 줄 용의가 있다.

하지만 맹점이 있었다. 그 기간이 너무 길다면, 예를 들어……

6개월 후에 예약 가능.

1년 후에나 주문 가능.

이렇게 되면 오히려 반응이 식을 우려가 있다. 인간은 자신이 원하는 이상향이 손닿는 범위에 있을 때 열광한다. 너무 멀면 포기해 버리는 본성이 있었다.

장태산은 그걸 알았다. 따라서 테이블과 객실의 일부를 데일리 추첨 방식으로 운영하자는 거였다. 가능성을 열어놓는 것이다.

"3—5%면 좋을 것 같습니다."

황금비율이었다. 일정한 시간에 프로그램을 열어 실시간으로 가장 먼저 찜하는 사람에게 테이블을 파는 것이다. 이렇게 하면 예약에 실패한 사람들의 관심을 끌 수 있었다. 실시간 예약자가 없어도 걱정은 없었다. 예약 취소 대기자들이 있으니 그들에게 배정하면 그만이었다.

"묘안인데요?"

윤기는 공감이었다. 이 또한 윤기와 장태산의 케미 덕분이었다. 이건 호텔이 호황이어야 쓸 수 있는 방법이었다. 동시에 장태산 정도 되니 이런 방안을 제시한 것이다.

요리 메뉴 분석에 대한 데이터도 내놓았다. 가장 인기 있는 메뉴와 가장 인기 없는 메뉴를 데이터화시켰다. 그걸 참고하면 식재료의 회전율을 높이고 신선도도 유지할 수 있었다. 주문이 적은 요리의 식재료라면 폐기 확률도 높아지기 때문이었다.

"제휴도 추진 중인데요."

또 다른 플랜이 나왔다.

"특급 백화점과 신용카드 회사의 VVIP회원들 말입니다. 백화점과 카드회사에서는 이들 고객에게 사은품이나 특전을 제시하거든요. 알아본 결과 모 백화점은 저 앞 신마호텔 부부 식사권 같은 것을 제공한다고 합니다. 호텔 측은 약간의 할인으로 윈윈 모드를 유지하고요. 우리도 이 시스템을 시도해야 할 것 같습니다."

"그것도 묘안이네요."

"하지만 저는 조금 다른 방법으로 접근 중입니다."

"어떤 방법이죠?"

"할인은 없는 대신 작은 특선 요리를 제공하면 어떨까요? 이 VVIP들은 사회적인 지위와 재력을 갖춘 분들이라 프라이드가 강합니다. 그러니 자신들이 할인을 받아서 왔다는 것보다 우대의 측면으로 색다른 특선요리 하나를 제공하는 게 더 적합할 수 있습니다."

"공감합니다."

"시작이 중요한데 셰프님이 다리 좀 놓아 주시겠습니까?"

"제가요?"

"이지용 회장님의 신세기나 백정길 회장님의 DJ 백화점이면 좋습니다. 그런데 둘 다 셰프님과 연관이 있더군요."

"네."

"한 군데만 뚫으면 다른 백화점이나 카드 회사 뚫는 건 어렵지 않을 겁니다."

"그럼 화요 씨를 연결시켜 드릴게요. 이 회장님은 투자자시니 다른 부담을 드리고 싶지 않네요."

윤기의 결론이었다. 윤기가 요리의 화수분이라면 장태산은 호텔 경영의 화수분 같은 사람이었다.

이 결론은 다음 날 나 버렸다.

런치 타임의 폭풍이 가시기 무섭게 장태산이 주방 창문을 두드렸다.

"부사장님."

윤기가 복도로 나왔다. 장태산 역시, 조리 중에는 주방 출입 금지였다.

"이게 뭘까요?"

그가 서류를 들어 보였다.

"MOU?"

"맞습니다. 방금 사인을 마치고 온 DJ 백화점 VVIP 회원들의 연 1회 리폼호텔 무료 시식권 업무협약입니다. 년 구매 실적 2억 5천만 원 이상의 최고 등급 회원들에게만 주어지는데 백화요 님 소개로 갔더니 담당 이사가 바로 만나 주더군요. 그러고는 일사 천리, 셰프님 요리하고 관련 기사, 게다가 1주일 후에 미국의 푸 드네트워크에 출연한다고 했더니 바로 OK를 받았습니다."

"말은 그래도 부사장님 전략이 있었겠지요?"

"딱 한마디는 했습니다. 다른 백화점과 카드회사에서 제의가 들어오고 있는데 셰프님과 백화요 씨의 협력 관계를 고려해 먼 저 찾아왔다고."

"헐."

"대신 옵션이 들어오더군요. 올해만이라도 다른 백화점은 제 쳐 달라고. 저도 OK로 응답했죠."

"잘하셨네요."

"이 고객 숫자가 약 400명이라고 합니다. 이 400명을 마중물 로 해서 4,000명, 40,000명으로 늘려 가겠습니다. 그러니 셰프님 은 미국 방송에 전념해 주시죠."

"알겠습니다."

"아, 미국 방송 팀은 오늘 오후에 도착한다고 하더군요."

"저도 연락받았습니다."

"레이철… 거침없는 여자죠. 때로는 출연한 셰프를 발가벗기기도 합니다. 덕분에 비법 육수에 MSG를 넣어 온 게 걸려서 망한 셰프가 둘, 자질 부족이 드러나 문 닫은 셰프가 넷이고요."

"……"

윤기가 소스라쳤다. 저걸 알려면 레이철의 프로그램을 다 보아야 했다. 그러니 혀를 내두를 수밖에. 장태산, 그는 정말 틈이 없는, 동시에 뜨거운 사람이었다.

"분석 자료, 필요하면 드리겠습니다. 레이철의 성향, 질문 습관, 나아가 욕설의 종류와 횟수까지 잡아 봤어요."

"주세요. 그렇게까지 분석하셨다면 제가 읽어 드려야죠."

"그러실 줄 알았습니다."

장태산은 박 비서를 통해 바로 자료를 내려 주었다. 예상과는 달리 달랑 두 장이었다. 하지만 그 안에 모든 임팩트가 녹아 있었다.

[덕분에 큰 도움을 받았습니다.]

일단은 화요부터 챙겼다. 문자를 보내 협력에 감사를 표했다.

[별말씀을, 우리 쪽 백화점에도 도움이 될 것 같아 다리 놓은 거예요. 그러니 다 같이 파이팅.]

화요의 답이었다.

이제 레포트를 살폈다.

레이철……

출연 셰프의 능력에 가차 없이 메스를 들이댄다.

미국의 요리 방송에는 욕쟁이로 성공한 레전드 셰프 두 사람이 있었다. 골든 램지와 레이철이었다. 방송에서조차 듣기 거북한 쌍욕도 불사한다. 공통점은 역시 실력이었다. 둘은 요리에 대한 조예가 거의 완벽했고, 웬만한 미슐랭 스타들보다도 요리 실력이 나았다. 마지막 공통점은 그들의 프로그램에 나가면 누구든 유명세를 탄다는 거였다. 일부는 패가망신으로서의 유명세이긴 했지만.

그 레이철의 방송에 나간다.

게다가 새롭게 시작하는 컨셉의 1회 차. 수아와 함께 출연한 방송과는 차원이 달랐다. 자칫 날 선 메스의 희생양이 될 수도 있는 일. 윤기는 그 메스의 위험을 감수할 용의가 있었다. 그 피야말로 미식 제국의 영토에 자양분이 되어 줄 것임으로.

그리고.

그 레이철이 리폼 호텔에 들어섰다.

*　　　　*　　　　*

윤기는 디너 타임을 준비하고 있었다. 새로 출시된 쿨리비악이 새로운 인기 메뉴로 부상했다. 서로 속 내용이 다른 두 개 한 세트가 14만 원. 밀리는 예약을 다 받지도 못할 지경이었다.

이 메뉴는 배기성 원장의 신세기를 비롯해 병원 쪽에서도 대호평을 받았다. 다진 소 때문에 환자들이 먹기에 용이한 까닭이었다. 맛과 영양은 물론이고 유명세까지 더해졌으니 VIP 환자들이 좋아했다.

디너에 올라온 주문은 토탈 160개였다. 즉 80명의 주문이었다. 그중에서도 로열 쿨리비악의 비중이 높았다. 완성된 쿨리비악에 24K 식용금박을 입힌 특제였다. 이건 99만 원의 고가였다.

의도하지 않았지만 영국 런던의 누스렛과 비교가 되기 시작했다. 그곳의 시그니처 금박 스테이크 가격이 1,000달러이기 때문이었다. 누스렛은 세계적인 스타들이 즐겨 찾는 명소다. 베컴과 디 캐프리오, 나오미 켐벨 등이 단골이다.

윤기의 리폼도 그 못지않은 면모를 갖추기 시작했다. 톱스타 김혜주와 영화감독 봉순호, 팝 아티스트 손열음 등의 단골이 그랬다.

좋은 일이었다.

그렇기에 윤기는 요리에 최선을 다했다. 작은 흠이나 실수도 허용하지 않았다. 그런 요리들은 아깝지만 모두 음식용 쓰레기통으로 보냈다. 100년의 전설도 단 한 번의 실수로 무너지는 게 셰프의 명성이기 때문이었다.

"셰프님."

금박 씌우기에 열중할 때였다. 재걸이 윤기를 불렀다. 윤기는 듣지 못했다. 금박 씌우기도 요리의 한 과정이다. 금박은 굉장히 까다로워 조금만 실수해도 뒤틀리고 울어 버린다. 다림질을 한 듯 말쑥하게 붙이려면 숨조차 참아야 하는 게 금박이었다.

무려 99만 원짜리 메뉴다. 생각해 보라. 찌글찌글한 금박의 요리. 누가 즐거워할까?

"셰프님."

새로운 쿨리비악에 붙일 금박을 꺼낼 때에야 재걸의 목소리를 들었다.

"응?"

윤기는 무표정했다. 무아지경에서 갓 깨어난 까닭이었다.

"저기요."

재걸이 복도의 창을 가리켰다. 거기 레이철과 조나단, 그리고 담당 피디 제인이 서 있었다.

"셰프."

윤기가 나오자 레이철이 다가왔다. 초면이지만 그는 거침이 없었다. 굉장히 오래된 친구처럼 윤기를 대했다.

"셰프는 서로 통하니까요."

그녀의 이유였다.

"조나단입니다."

"제인이에요."

조나단과 제인도 악수를 청해 온다. 그 뒤로 장태산과 이리나가 보였다.

"체크인도 안 하셨는데 셰프를 먼저 보고 싶다고 해서요."

이리나가 사연을 전해 주었다.

"주방 풍경이 궁금하군요?"

윤기가 레이철에게 물었다.

"당연하죠. 요즘 지구에서 최고로 핫한 셰프의 미식 제국."

"재걸아, 여기 두 분 조리복 좀 부탁해."

재걸을 불러 조리복을 준비해 주었다. 응급 상황이 아니라면 주방의 원칙은 조리복. 제아무리 유명한 레이철과 조나단이라고 해도 예외는 아니었다.

레이철은 불만이 없었다. 방송인이기 이전에 그녀도 셰프이기 때문이었다.

조리실 세 곳을 다 보여 주었다. 레이철은 꼼꼼했다. 동시에 스태프들에게도 방해가 되지 않았다. 에르베와 진규태도 딱히 그들을 의식하지 않았다. 이건 윤기의 당부가 아니었다. 리폼 호텔로 개관할 때 미리 천명한 주방 문화였다.

[대통령이 와도 자기 요리에 집중한다.]

에르베와 진규태는 그걸 잘 준수해 주었다.

레이철은 이제 미식하우스를 원했다. 리폼 호텔의 자료를 미리 본 까닭이었다.

"거긴 주로 이브닝에 엽니다. 체크인하고 숨을 돌리시면 그때 안내하겠습니다."

윤기의 답이었다.

"그럼 이브닝에 뵈어요."

레이철은 윤기의 말에 따라 주방을 나갔다.

"송 셰프."

에르베가 다가왔다.

"레이철… 실물로 보니 그렇게 악독하지 않은데?"

"방송에서는 컨셉 아닐까요?"

"그렇다면 연기력도 대단한 여자야."

"저 다음은 에르베 셰프님이 출연하는 겁니다?"

"레이철을 보니까 욕심이 생기기는 하는데?"

"셰프님이라면 문제없죠."

"아무튼 준비 단단히 해. 방송에서는 봐주는 거 없는 여자니까."

"오늘은 좀 바쁘겠는데요?"

"중국 단체 오는 날이지?"

"1진으로 도착할 인원만 102명이랍니다."

"이러다가 송 셰프가 지구의 돈을 다 긁어 버리는 거 아니야?"

"돈 말고 제 요리를 좋아하는 사람으로 지구를 채우고 싶기는 합니다."

"아, 내 실수였어. 이렇게 바쁘게 될 줄 알았으면 그냥 말레이시아로 가는 건데⋯⋯."

에르베가 엄살을 떨었다.

"11월에 한 달 휴가 드릴 테니까 그때까지 참으세요."

"그거 진짜 실행할 거야?"

"예."

윤기가 답했다.

연중 한 달의 휴업.

이건 엠블리에서의 벤치마킹이었다. 엠블리는 일 년에 3개월 간 문을 닫는다. 셰프들이 모여 내년의 새 메뉴를 구상한다. 윤기도 그러고 싶었다. 하지만 아직은 황새가 뱁새 따라가는 격이었다. 그래서 한 달 휴업으로 후퇴했다.

11월이면 가을의 계절 요리가 끝난다. 넉넉하지는 않지만 재충전도 가능하다. 윤기가 이걸 발표했을 때 호텔이 떠나갔다. 주방은 물론이고 백 오피스 직원들도 환호했었다.

윤기 전화가 울렸다.

쉐 회장이었다.

"송 셰프님."

"안녕하세요, 회장님?"

"우리 임직원 선발대가 호텔 앞에 도착했다는군요."

"저희 준비는 끝났습니다."

"믿어 의심치 않지만 최고의 힐링 시간을 보내도록 부탁합니다."

"불편한 점이 없도록 만전을 기하겠습니다."

"우리 부부도 이틀 후에 도착합니다. 시간상 하루밖에 묵지 못하지만요."

"기다리고 있겠습니다."

통화는 간단했다.

"셰프님."

그사이에 재걸이 달려왔다.

"방금 도착한 중국 손님들 말이에요, 방 배정받기 무섭게 룸서비스 오더가 폭주하고 있어요."

"헐, 그 사람들, 뭐든 블랙홀이라던데 자칫 우리 호텔까지 다 먹고 가는 건 아닌가 모르겠네."

에르베의 몸서리였다.

진짜 미친 주문이었다.

그러나 주방은 감당할 수 있었다. 구 총주방장과 에르베, 진규태 덕분이었다. 그들은 이제 윤기의 메뉴를 제대로 소화하고 있었다.

하지만 약간의 문제도 생겼다.

"중국 손님들 방에 들어간 룸서비스 말이에요, 작은 접시하고 포크 등이 많이 없어졌어요."

서버들이 울상을 지었다.

호텔 물품 도난.

사실 흔한 일이었다. 중국 사람의 문제만도 아니었다. 주로 타올과 핸드타올, 호텔 이름이 찍힌 볼펜, 컵 등이 사라진다.

심한 경우가 아니면 그냥 넘어가기로 했다. 투숙객 중에는 그걸 '낭만'이나 '추억' 혹은 작은 '전리품'으로 여기는 사람이 많은 까닭이었다.

디너의 예약도 최대로 폭발했다. 거의 모든 투숙객들이 '특선' 쪽을 택한 것이다. 특히 다 빈치 세트와 초자연힐링세트, 카트린 여왕 세트가 잘 나갔다. 황금 쿨리비악 역시 빠지지 않았다.

카트린 여왕 세트는 메인이 풍조목 소스의 토끼구이라 윤기의 손을 필요로 했다. 경모가 담당이니 디테일하게 전수를 시켰다. 이 소스는 파슬리와 백리향, 월계수잎 삼총사의 비율이 중요했다. 윤기의 기준은 1 : 1 : 1.5로서 풍조목의 향을 누르지 말아야 했다.

"확실히 다르네요."

기준을 지킨 소스와 대충 넣은 소스 맛을 보여 주자 경모가 감을 잡았다. 요리사에게는 이 깨달음이 중요했다. 어느 수준에 오른 셰프들은, 감만 잡으면 그 요리의 구현에 무리가 없었다.

[레이철 일행이 오셨어요.]

미식하우스에 나가 있는 창혁이 카톡을 보내 왔다. 디너 준비에 문제가 없으므로 윤기가 자리를 옮겼다. 퀵보드를 타면 3분 거리였다.

"셰프."

레이철은 미식하우스의 정원에 있었다. 조나단과 제인 피디도 함께 왔다.

"벌써 왔습니까? 시차 때문에 피곤하실 텐데?"

"비행기에서도 잤고, 호텔에서도 꿀잠을 잤어요. 객실이 기대 이상으로 안락하던데요?"

"다행이네요."

"여기 디너는 몇 사람인가요?"

"오늘은 8명입니다."

"그럼 바쁘실 테니 간단히 말씀드리는데 오늘부터 카메라 돌리려고요."

"오늘부터요?"

"셰프의 일상이나 배경 화면 같은 게 좀 필요하거든요. 그런 그림은 하루 만에 나오지 않아요."

"그건 생각지 못했는데요?"

"카메라 몇 대 설치하면 됩니다. 요리에 방해는 되지 않을 거예요. 더러 손님들의 요리 평가나 식재료 같은 것도 찍을 건데 그것도 표시 나지 않게 진행하겠습니다."

"으음… 그렇다면야……."

"허락하시는 건가요?"

"어쩌겠습니까? 여기까지 날아오신 분들인데?"

"긴장하지 마세요. 이 컨셉은 기존의 레이철 쇼에도 나오는 그림이거든요. 제 프로그램 보셨죠?"

"그럼요."

윤기가 답했다. 어떤 촬영을 할지도 머리에 그려졌다.

진행 팀은 밖에 대기 중이었다. 피디가 지시하자 일사불란하게 움직인다. 카메라 설치는 10분도 걸리지 않았다. 지난번 방송 촬영 때 본 풍경이다. 한국이나 미국이나 크게 다르지 않았다.

그사이에 신농기업집단의 핵심 간부 여덟 명이 들이닥쳤다.

"어서 오세요."

순지가 그들을 맞았다.

"로열 쿨리비악 8개, 루이 14세 풀 세트 8개, 그린 허브오일의 가르구이유 8개, 다 빈치의 왕새우요리 8인분요."

엄청난 오더가 나왔다. 놀란 창혁이 윤기를 바라보았다.

"합이 32, 맞아요."

순지가 확인을 해 준다. 그녀도 두 번이나 물어보았단다.

"셰프님 루이 14세 풀 세트면?"

와인과 고기 소를 넣은 양송이요리, 뱀장어 파이와 송아지 안심구이다. 이것만 해도 양이 굉장했다.

"대식가들인가 보지?"

윤기가 요리에 돌입했다. 손님은 왕, 먹겠다는 데에야 어쩔 수 없는 일이었다.

가르구이유와 왕새우 요리, 양송이는 창혁에게 맡겼다. 신의 와인은 만들어 둔 게 있으니 염려 없지만 안심구이는 시간이 많이 들기 때문이었다. 진공 마리네이드 기술이 없다면 하루가 걸린다. 그걸 제외하면 숯불구이 시간이다. 이것도 1시간 가까운 수고가 들어간다. 숯불에서 구워지는 동안 마리네이드에 쓴 소스를 계속 끼얹어야 했다.

과정을 한 번만 빼먹어도 풍미가 달라진다. 데리야끼를 생각하면 쉽다. 급하다고 대충 바르고 구워 버리면 맛이 살지 않았다.

오늘은 한 젓가락 분량의 메밀면도 가니쉬로 준비했다. 면 좋아하는 중국인들의 입맛을 위한 배려였다.

허브 가르구이유와 왕새우요리가 먼저 세팅되었다.

임원들 반응은 담담했다. 뒤를 이어 로열 쿨리비악이 나갔다. 그제야 감탄이 나왔다. 황금 금박에 홀린 것이다.

찰칵, 찰칵.

그들의 핸드폰이 불을 뿜는다. 특히 2명의 여자 임원들이 그랬다.

"아아……."

"기막히네요."

"이게 무슨 상을 받은 요리라고?"

감탄이 이어진다.

쿨리비악에 이어 루이 14세 풀코스도 플레이팅이 끝났다. 레이철의 카메라는 잘 돌아가고 있었다.

"루이 14세의 요리입니다."

마지막 요리였으므로 윤기가 인사를 나왔다.

"확실한 겁니까?"

임원 하나가 의심의 눈을 밝혔다.

"그럼요. 17세기 풍의 오리지널을 충실하게 따랐습니다."

"와인은 왜 미리 오픈을 했나요?"

"루이 14세는 그가 좋아하는 레드와인에 레몬과 사과를 저며 넣고 정향, 오렌지꽃 등을 넣어 차게 만든 다음, 여과해서 마셨습니다. 그 과정을 거치느라 개봉한 겁니다."

"그래요?"

"부르고뉴산 중에서도 품질이 좋은 것으로 골랐으니 만족하실 겁니다."

"나는 와인 별로니까 중국 술을 주시오."

"나도."

두 명이 옆길로 샜다. 이들은 미식가가 아니었다. 이런 사람들 중에는 셰프가 권하는 맛의 향연보다 자신의 스타일을 고수하는 경우가 많았다. 자발적으로 온 게 아니라 포상으로 온 사람들. 중국 술도 구비되었으니 기호에 맞춰 주었다.

홀에서 나오자 순지가 전화를 받고 있다. 그런데 그 표정이 창백했다. 순간 불길한 예감이 뇌리를 치고 갔다.

"셰프님."

"왜?"

"본관인데 사고가 났다는데요?"

"사고?"

"중국 손님들이 행패를 부리고 있대요. 구 총주방장님 멱살까지 잡고 흔들면서⋯⋯."

"행패?"

윤기 얼굴이 차갑게 굳었다.

제5장

—

레전드 위의 레전드

"셰프님."

메인 홀 앞에 도착하자 재걸이 달려왔다. 안에서는 중국어 욕설이 흘러나왔다. 동조하는 중국인들의 목소리가 기세를 올린다. 홀 안은 어수선했다. 구 총주방장과 진규태가 불려와 곤혹을 치르고 있었다. 심지어는 주희와 여직원들조차 닦달을 당한다.

"주희 씨."

윤기가 들어섰다.

"셰프님."

"무슨 일입니까?"

"그게……."

"빨리 말해요."

"손님들이 서비스로 음식을 요구했는데 그걸 들어주지 않았으니……."

"서비스 음식? 그냥 들어주지 그랬어요?"

"한두 가지는 들어주었어요. 그랬더니 사람마다… 게다가 요릿값이 너무 비싸다며… 자기들이 매상 엄청나게 올려 줬으니 불도장과 샥스핀, 제비집 같은 걸 내오라는 거예요. 구 총주방장이 오셔서 그건 곤란하다고 설명했더니 대표 데려오라고 그릇과 컵을 집어 던지며 행패를 시작……."

"대표?"

"부사장님은 요리 들어가는 거 보고 퇴근하셨어요. 구 총주방장님께서 이만한 일로 부르지 말라고 하셔서……."

"폭력도 썼어요?"

"구 총주방장님의 멱살을 잡고 흔드셨어요."

"이런."

"경찰 부를까요?"

"기다리세요."

윤기가 주희 앞으로 나섰다.

손님들은 벌 떼가 되어 있었다. 난동을 부리는 세 명을 부추겨 한마디씩 거든다. 시그니처 홀을 전세 낸 중국인들. 그나마 다행이었다. 중국 사람이 아닌 손님들은 리폼 홀이나 스페셜 룸 등에서 식사를 하고 있었다.

"손님."

구 총주방장 앞으로 윤기가 나섰다.

"송 셰프."

구 총주방장이 윤기를 막았다. 진규태도 그랬다.

"손님들이 흥분했어. 우리가 마무리할게."

진규태의 책임감이었다.

"아닙니다. 두 분은 중국어를 잘 못하잖습니까?"

두 사람의 만류를 뿌리치고 흥분한 손님 앞으로 나섰다.

"넌 또 뭐야?"

손님이 눈을 부라린다. 가슴의 명찰을 보니 '경리'였다. 우리나라로 치면 부서장이니 부장 정도 되었다.

"제가 여기 대표입니다만."

"대표? 워차오, 지금 장난해?"

욕설까지 나온다. 윤기가 너무 어려 보이는 까닭이었다.

"말씀 삼가시죠."

"말씀 삼가? 이놈이 중국어 좀 한다고 나대네? 나이도 새파란 놈이?"

"서비스 요리를 요구하셨다고요?"

"오냐. 야, 너 오늘 우리가 여기서 올려 준 매상이 얼만 줄 알아? 10년 전 메르스 때 왔을 때는 간단한 메뉴만 시켜도 치킨 한 마리씩 서비스가 올라왔어. 그런데 이렇게 비싸게 등을 처먹으면서 서비스 요리가 없어? 빨리 대표 데려와."

"제가 대표라고 했습니다만."

"뭐야?"

"우리 호텔은 미식 전문 호텔입니다. 계절에 따라 약간의 가니쉬가 딸려 나가기는 하지만 서비스 요리라는 건 취급하지 않습니다."

"미식 전문? 그래서? 호텔 망하고 싶어? 듣자니 우리가 1진이라던데 우리 평가에 따라서 2진, 3진이 안 올 수도 있어. 아니지, 중국 손님을 평생 못 받을 수도 있다고."

"맞아. 이것들이 사람을 우습게 아네?"

"그러게. 대표 나오랬더니 새파란 놈이 나대고……."

옆의 직원들이 핏대를 올린다. 명찰을 보니 본사가 아니라 방계 회사 간부들이다. 윤기에 대해 전혀 전해 듣지 못한 모양이었다.

"여기 인솔 책임자는 누굽니까?"

윤기가 주변을 돌아보았다.

"난데?"

안쪽 테이블에서 거구의 여자가 손을 들었다. 그녀의 직위는 장장이다. 한국으로 치면 공장장급이었다.

"미안하지만 쉐 회장님과 통화하실 수 있습니까?"

"회장님? 이봐, 우리 회장님이 아무하고나 통화하시는 줄 알아?"

그녀가 테이블을 내리쳤다.

"안 됩니까?"

"회장님 핫라인이라면 총감님이나 동사님 정도 되어야 가능해."

총감이나 동사. 본부장이나 이사급이다. 즉, 미식하우스의 그 사람들이었다.

"그렇다면 제가 통화해 드리죠."

"뭐야?"

여자가 냉소를 뿜었다.

"육 팀장님."

출동한 보안 팀장에게 지시를 내렸다. 윤기의 핸드폰이 노트북 화면에 연결되었다. 화면은 경리와 장장 쪽으로 각도를 잡아 주었다.

"지금 뭐 하자는 거야?"

경리가 눈알을 부라릴 때였다. 노트북 화면에 쉐쓰총 회장이 나왔다.

"……?"

발끈하던 장장과 경리가 찔끔하는 게 보였다.

─송 셰프.

쉐 회장의 인사였다.

"돌발 전화를 드려서 죄송하게 되었습니다."

─아닙니다. 말씀하세요.

쉐 회장은 정중했다. 그러자 중국 간부들이 경직되기 시작했다.

"도착하신 직원들의 식사가 시작되었습니다. 수고스럽지만 잠시 통화하시겠습니까?"

윤기가 핸드폰을 경리에게 넘겼다. 펄펄 뛰던 그의 태도가 바로 바뀌었다.

"회장님."

핸드폰을 향해 180도 고개부터 숙인다.

─누군가?

"광둥지사의 진우레 부장입니다."

─재작년에 한 번 본 것 같군?

"그렇습니다."

―힐링 여행은 마음에 드나?

"예? 예……."

―송 셰프의 요리는 내 아들과 어머니의 입맛까지 사로잡았네. 단체로 갔다고 불편 끼치지 말고 신농기업집단 간부의 품격답게 머무시게.

"……."

―나도 모레 아침 도착일세. 자네들이 체크아웃하는 방으로 들어가게 될 거야.

"……."

―거기 인솔 책임자가 누구인가?

"왕메이린 장장님이십니다."

―바꾸게.

쉐 회장이 말하자 장장이 뛰어나왔다.

"회장님."

―우리도 구면이지?

"예, 회장님."

―어떤가?

"덕분에 맞난 요리에, 편안한 객실에서 영혼까지 힐링하고 있습니다."

―직원들 술은 너무 과음하지 않도록 하고.

"예."

―호텔 직원들에게도 품위를 지키도록.

"예."

―송 셰프님 바꾸시게.

쉐 회장이 말하자 장장이 두 손으로 핸드폰을 건네왔다.

―우리 직원들 잘 부탁합니다. 송 셰프님.

쉐 회장의 당부는 또 한 번 정중했다.

"진우레 경리님?"

통화를 마친 윤기가 펄펄 뛰던 남자를 바라보았다.

"……."

"대표를 찾으셨다면서요?"

시치미를 뚝 떼고 다시 묻는 윤기.

"잘못했습니다."

이 남자, 바로 허리를 접었다.

"죄송합니다."

여자 장장도 그 옆에서 고개를 숙였다.

"그 사과는 제게 할 게 아닌 거 같은데요?"

윤기가 구 총주방장과 진규태를 가리켰다.

"결례가 많았습니다. 무리한 요구를 한 걸 진심으로 사과드립니다."

구 총주방장과 진규태 앞, 경리의 허리는 땅에 닿을 지경이었다. 소란의 종결이었다.

"죄송합니다."

주방으로 이어지는 복도에서 윤기가 구 총주방장 등에게 말했다.

"송 셰프가 왜? 소란을 막지 못한 우리가 잘못이지."

구 총주방장이 웃었다.

"맞아. 미식하우스 일도 바쁠 텐데 빨리 가 봐."

진규태도 얼굴을 붉혔다.

"저도 반성하고 있어요."

주희도 동참.

이날의 소란은 나쁜 것만은 아니었다. 비 온 후에 땅이 굳는다고 좋은 방향으로 정착이 되었다. 신농기업집단의 직원들. 다음 날부터 태도가 달라졌다. 거액의 예산에 단체로 온 것을 빌미로 군림하려던 자세를 버리고 공손해졌다. 사라졌던 소품들도 하나둘 제자리로 돌아왔다.

미식하우스로 돌아간 윤기는 임원들의 사과도 함께 받았다. 장장의 보고를 받은 모양이었다. 그들도 사실 윤기의 위상을 몰랐다. 큰돈 들여 투숙했으니 목에 힘만 줄 생각이었다. 그러다 쉐 회장과 직통 라인을 가진 윤기 이야기를 듣고 본사에 확인을 한 것이다.

[쉐 회장과 그 아들 쉐 총경리조차 각별하게 대하는 셰프]

상하이 본사에서 나온 윤기의 정보였다.

다음 날부터 임원들은 윤기의 요리에 딴죽을 걸지 않았다. 오히려 요리의 내력을 청하고 음미하는 법도 물었다. 이건 그들에게도 득이 되는 일이었다.

아는 만큼 보인다는 말이 있다. 요리에도 족보가 있었으니 알고 먹으면 그만큼 더 맛이 좋아지게 마련이었다.

이틀 후에 쉐 회장 부부가 도착했다. 약속대로 거물급 인사 세 명을 동반했다. 알고 보니 장장과 경리가 보이지 않았다.

"어제 아침에 중국으로 돌아갔답니다. 듣기로는 파면을 당했다고……."

이리나의 보고였다.

상황 보고를 받은 쉐 회장의 결정이었다. 윤기는 문제 삼지 않았지만 쉐 회장은 단호했다. 신농기업집단의 품위를 저하했다는 판단이었다.

"오셨습니까?"

윤기가 그를 맞이했다.

"면목이 없습니다."

쉐 회장의 첫마디였다.

"수많은 고객과 투숙객을 보다 보면 필연으로 벌어지는 일입니다. 그 또한 저희 호텔이 발전하는 데 필요한 일이니, 마음에 두시지 마시기 바랍니다. 저는 그날 이미 내려놓았습니다."

"허헛, 이 친구들, 이런 마음은 배우지 않고 허튼 오만방자라니… 아무튼 다시 한번 사과를 드립니다."

"들어가시죠. 디너는 로열 쿨리비악과 초자연 힐링세트를 예약하셨더군요?"

"맞아요. 메뉴를 보니 다 먹고 싶지만 배가 하나뿐이라는 게 아쉽더군요."

"휴식하시다 나오시면 차를 대기해 두겠습니다. 미식하우스는 길 건너편에 있습니다."

윤기의 손이 길 건너의 파란 기와를 가리켰다.

오후 늦게 쉐궈민도 체크인을 했다. 그는 네 명과 동행이었다. 카지노 원정을 온 기업집단의 2세들이었다.

"펑 여사님은 잘 계시죠?"

디너 타임, 테이블 세팅을 마친 후에 쉐 회장 부부에게 물었다. 쉐궈민의 동행들도 맞은편 테이블에 자리를 잡았다.

"덕분에요."

쉐 회장의 대답은 짧았다. 어차피 회복될 몸이 아니니 윤기도 더 묻지 않았다.

잠시 물러났을 때 레이철의 돌발 요청이 들어왔다.

"중국 신농기업집단의 회장님이라고요?"

"네."

"죄송하지만 인터뷰 요청 좀 안 될까요? 굉장히 좋은 자료가 될 것 같은데요."

"회장님이 어떻게 생각할지 모르겠네요."

"곤란하면 저희가 직접 요청해 보겠습니다."

"아닙니다. 제가 여쭤 드리죠."

윤기의 답이었다.

"미국 푸드 방송의 인터뷰?"

후식을 내며 묻자 쉐 회장이 번거로운 표정을 지었다.

"무슨 일이죠?"

쉐궈민이 이유를 물었다.

"실은……."

윤기가 사정을 얘기했다.

"저쪽에서 간곡하게 요청을 하니 말씀드리는 것뿐입니다. 번거롭게 해 드려 죄송합니다."

윤기는 더 청하지 않았다. 상대는 중국에서도 알아주는 대기업가이기 때문이었다. 그때 쉐 회장의 수락이 시원하게 떨어졌다.

"송 셰프의 요리에 대한 인터뷰라는데 뭐가 어렵겠습니까? 들어오라고 하세요."

쉐 회장의 수락은 레이철의 아시아, 아프리카 순회 특집극 첫 방송의 큐 사인과도 같았다. 뜻밖의 덤도 있었다. 동행도 인터뷰에 나섰던 것. 나중에 알았지만 그도 중국에서 알아주는 재력가였다.

[레이철의 특별한 셰프전]

마침내 스튜디오 녹화의 날이 밝았다.

장소는 미식하우스였다. 하루 전 날부터 그들 전용이 되었다. 심지어는 윤기조차 출입 금지였다. 그 하루 동안 촬영 팀과 레이철은 만반의 준비를 끝냈다. 창혁이 가 보겠다고 했지만 윤기가 허락하지 않았다. 염탐은 싼 셰프들이나 벌이는 일이었다. 아무리 윤기의 주방이라고 해도 빌려 준 이상 관여하는 건 옳지 않았다.

"기존 컨셉을 완전히 바꾸려는 걸까?"

진규태가 중얼거렸다. 궁금증까지 금지된 건 아니기 때문이었다.

"아마 미션 요리를 준비할 겁니다."

에르베의 의견이었다. 레이철은 요리로써 셰프의 수준을 체크하는 걸 즐긴다. 하긴 그게 또 셰프의 능력이었다. 훌륭한 셰프는 다른 셰프의 요리에도 정통한 까닭이었다.

촬영 스케줄은 오후 5시로 잡혔다. 윤기의 디너 타임을 배려한 조치였다. 리폼의 요리는 오늘도 여지없이 매진이었다. 지금 같아서는 객실을 두 배로 운영해도 문제가 없었다.

"그 두 배만큼 맛있게 만들자고요."

윤기의 신념이었다. 그렇기에 소스 한 방울과 가니쉬 하나도, 심지어는 그 사이즈와 각도까지도 심혈을 기울여 세팅하고 있었다.

"레이철입니다. 오늘부터 시작되는 아시아 아프리카 특별 셰프전, 그 서막을 코리아의 서울에서 엽니다."

레이철의 멘트와 함께 주방 조명이 밝아 왔다. 몇 가지 정리가 되어 있었다. 카메라 각도 때문이었다.

"스타트를 끊어 줄 셰프들의 리스트입니다. 우리는 무려 285명의 셰프를 두고 신중하고 또 신중하게 픽업을 했습니다. 숙의 결과 이 사람으로 프로그램의 서막을 장식하는 데 이견이 없었습니다. 보스키 도르 요리대회에서 사상 유례없는 100점 만점으로 황금보스키상을 품은 코리아의 젊은 셰프, 송윤기 셰프입니다."

짝짝.

박수와 함께 윤기가 등장했다. 촬영팀 뒤의 홀 쪽에 윤기의 지인들과 리폼 호텔 스태프들이 포진하고 있었다. 윤기 어머니와

이지용의 아내, 김혜주와 여먹4총사, 화요와 그 어머니, 수아와 어머니, 이상백 등이었다. 호텔 쪽에서는 장태산과 진규태에 재걸, 길영이 대표로 왔다. 진규태는 구 총주방장의 배려를 받았다.

"젊은 자네가 가야 공부가 되지."

구 총주방장의 위엄이었다.

재걸과 길영은 주방 직원들의 대표였다. 요리 때문에 시간을 비울 수 없는 직원들. 별수 없이 사다리 타기로 두 명을 뽑았다. 재걸과 길영은 환희에 젖어 어쩔 줄을 몰랐다. 누가 보면 로또라도 맞은 줄 알 정도였다.

그 옆으로 두 명의 게스트가 준비 중이다. 한 사람은 사무엘이고 또 한 사람은 윤기가 모르는 사람이었다. 윤기는 하얀 조리복에 소라색 두건을 썼다. 스카프 역시 같은 소라색이었다.

"레이철이에요."

그녀의 미소가 의미심장했다. 셰프복을 입고 조리대 앞에 선 그녀. 그 앞에는 덮개가 덮인 요리 하나가 놓였다.

"소감이 어떠세요?"

"떨리는데요?"

"조크겠죠? 보스키 도르 요리대회 영상을 입수했는데 그 유명한 폴 보스키와 종신 심사 위원들 앞에서도 떨지 않았어요."

"그때는 카메라가 이렇게 많지 않았거든요. 셰프복의 미녀도 없었고."

"와우, 전직이 엔터테이너?"

레이철이 윤기의 순발력을 높이 샀다. 떨기는커녕 레이철을 리드하는 윤기였다.

레이철은 윤기의 히스토리부터 짚었다. 핵심은 역시 손목의 경련. 호텔 관계자에게 알아낸 모양이었다.

"어느 날 일어난 기적이었어요. 자고 나니 경련이 사라졌더라고요. 그 덕분에 이 자리에 서게 되었네요."

대화는 수아에게로 넘어갔다. 그것도 이미 취재를 한 모양이었다.

"저는 경련 가지고도 좌절했는데 수아는 두 팔이 없는데도 좌절을 안 해요. 그래서 선물을 주고 싶었어요. 아마 제가 아니면 하느님이 선물했을 겁니다."

"으음… 그래서 성자의 셰프라는 닉네임까지… 하지만 이런 건 하나의 양념에 불과하고요, 그렇다고 해서 이 레이철의 셰프 자질 테스트를 면제받지는 못합니다."

"각오하고 있습니다."

"원래는 3종 테스트였는데 특집에서는 2종으로 줄입니다. 대신 난이도를 높였어요. 통과하지 못하면 이 촬영분은 순삭입니다. 우리는 당신을 찾아온 적이 없는 거예요."

"최선을 다해 보겠습니다."

"그럼 첫 번째 테스트 요리로 연결해 볼까요?"

레이철이 요리를 덮고 있던 덮개를 벗겼다. 안에서 드러난 건 수프였다. 도자기풍의 접시에 담긴 수프… 레이철은 그 옆에다 수십 가지의 육류와 부속물 덩어리, 그리고 20여 종의 와인과 향신료 등을 꺼내 놓았다. 얼핏 보아도 100여 가지가 넘는 식재료들.

"제가 만든 수프입니다. 송 셰프는 사망한 천재 요리사 안드레아의 요리를 탐구해 마스터한 까닭에 역사적인 요리와 빅 스타들이 즐기던 요리, 오리지널 요리 등에 정통하다고 합니다. 이 수프는 안드레아 생전에 만든 레시피에 근거해서 만들었습니다. 5분 드리겠습니다. 여기 들어간 식재료를 찾아 주세요. 참고로 열세 가지인데 하나 정도 오류는 괜찮습니다."

레이철의 첫 과제가 떨어졌다.

"헐."

이제는 내공이 더 깊어진 이상백 기자.

그가 먼저 한숨을 쉬었다.

개코에게도 어려운 과제가 나온 것이다.

수프였다.

즉, 식재료가 보이지 않는다는 데 문제가 있었다.

"너무하네?"

지켜보던 화요 어머니가 중얼거렸다.

"엄마."

화요가 어머니를 진정시킨다.

"그래도 그렇잖아? 다 갈아 버렸는데?"

"기다려 봐요."

화요는 차분했다. 윤기에 대한 믿음 때문이었다.

"송 셰프가 해낼까요?"

김혜주도 근심스럽다.

"안드레아의 요리라면 해낼 겁니다. 송 셰프는 그 친구 요리의 마스터이니까요."

왼편에 선 이상백의 말이었다. 그 우측의 사무엘은 시선 집중이다. 안드레아의 요리를 빼다 박은 윤기. 그렇기에 완벽하게 맞혀 주기를 바랐다.

"……."

윤기는 수프를 보고 있었다. 손에 들고 향을 음미한다. 가만히 눈을 감은 그 얼굴은 정말이지 성자의 그것처럼 고요했다.

잠시 후, 윤기가 수프를 내려놓았다. 이제는 레이철이 긴장하고 있었다. 윤기가 움직인 것이다. 성큼 식재료를 향해 걸어가더니 스캔을 시작한다. 오래 걸리지는 않았다. 제일 먼저 집어 든 건 소고기 등심과 그물버섯이었다. 인터넷 쇼핑을 하듯 장바구니에 담더니 다른 재료들이 더해졌다.

윤기 손이 닭고기 앞에 멈추자 레이철의 눈빛이 찰랑거렸다. 닭은 두 마리가 놓여 있었다. 암탉과 수탉이다. 머리를 자르지 않았다. 윤기는 수탉을 택했다. 하지만 고기가 아니라 벼슬이었다. 그것만 잘라서 취한 것이다.

"벼슬만 취했어."

참관인들이 수군거렸다.

다음은 와인이었다. 수십 병이 놓였다. 그 또한 수프 안에서 조화를 이루고 사라진 것. 그렇기에 쉽지 않은 선택이었다.

그런데.

윤기의 행동이 놀라웠다. 라벨을 확인하더니 그냥 패스해 버린 것이다. 레이철의 눈자위가 가장 크게 반응한 순간이었다.

[열두 가지]

윤기가 장바구니에 담은 식재료들이었다. 올리브기름과 버터, 그리고 소금이 마지막이었다.

"끝났나요?"

레이철이 물었다.

"그렇습니다."

"닭의 벼슬을 취했어요."

"네."

"어린 양의 췌장도요?"

"네."

"일본 영화를 보셨나요? 너의 췌장을 먹고 싶어?"

"그 영화는 알지 못합니다."

"후회 없나요? 1분 더 드릴 수 있습니다."

"없습니다."

"좋아요. 그렇다면 이 요리의 이름을 아십니까?"

"피난치에라 수프. 이탈리아 요리입니다."

윤기가 답했다.

참관인들이 사무엘을 바라본다. 사무엘 입가에 미소가 번지자 다들 안도한다. 윤기가 맞힌 것이다.

"아는군요. 그럼 이제 송 셰프가 고른 식재료로 요리를 만들어 주세요."

레이철이 조리대를 가리켰다.

참관인들이 다시 웅성거렸다.

"요리까지?"

"식재료 고르는 것도 어려운데 너무한 거 아니야?"

"아, 저건 진짜 안드레아나 되어야 가능할 텐데?"

그 말을 들었을까? 윤기는 그 자리에서 움직이지 않았다.

"셰프."

"미안하지만 수프를 만들 수 없습니다."

윤기의 폭탄선언이었다.

"Shit, 자신이 없군요?"

"그게 아니고 한 가지가 빠졌거든요."

"네?"

"그런데 이 안에 없는 재료입니다."

"송 셰프."

"와인이에요. 레이철이 구해 놓은 와인 목록에 내가 원하는 게 없습니다."

"그럴 리가요? 우리는 실수하지 않아요."

"그렇다면 식재료 담당이 실수했겠죠."

"그렇다면 송 셰프가 빠졌다고 하는 그 와인이 무엇입니까?"

"1880년산 세븐스 헤븐, 프린스 골리친이 만든 것으로 달달한 맛이 나거든요. 그게 없으면 저 수프만의 독특한 매력인 달달한 포인트를 살릴 수 없습니다."

"장담하나요?"

"네."

"자기 확신, 나쁘지 않죠. 하지만 결과에 대한 책임이 따릅니다."

"......"

"여기서 진짜 식재료 목록을 공개합니다."

레이철의 손이 사무엘을 지명했다. 사무엘이 그의 화면을 공개했다.

"아!"

지켜보던 사람들이 일제히 신음을 터뜨렸다.

와인.

거기 쓰인 와인의 이름은 '마르살라'. 포도 시럽을 통해 단맛을 조절하는 와인. 단맛의 공통점이 있을 수 있지만 세븐스 헤븐은 아니었다.

"안타깝군요. 와인은 세븐스가 아니라 마르살라였습니다."

"레이철."

"아아, 그래도 양호합니다. 제가 분명히 선언했죠? 한 가지 정도의 예외는 문제가 없다."

"예외가 아닙니다만."

"셰프, 사무엘은 안드레아 셰프의 생전에 전담 기자이자 소울메이트라고 할 정도로 그에 대해 정통한 사람입니다. 사무엘이 그렇다면 그런 거예요."

"……"

"아무튼 요리 시작?"

"……"

"셰프."

"그러죠."

잠시 생각하던 윤기가 소매를 걷어붙였다.

[피난치에라 수프]

식재료가 괴식급이었다. 수탉의 벼슬은 물론이고 양의 가슴샘과 췌장이 들어간다. 심지어는 송아지의 고환도 아이템이다.

"난해하네."

김혜주가 고개를 저었다.

"이탈리아 피에몬테 지방의 토속 음식입니다. 안드레아 셰프가 괴식을 취급할 때 그 컬렉션의 일환으로 만들던 요리예요. 식재료는 저래도 괴식으로 가면 하위 레벨인 편이죠."

이상백이 중얼거렸다.

윤기는 등심을 버터에 굽고 있었다.

촤아아.

등심의 표면을 향해 달려드는 기름의 합창이 빗소리처럼 청아했다. 윤기의 시선은 이제 수탉의 벼슬을 보고 있었다. 이 수프의 핵심이 그것이었다.

뽕.

와인을 개봉했다. 정확하게 500㎖를 취했다. 사전준비가 끝난 재료와 함께 뭉근하게 끓였다. 아직도 들어가지 않은 건 발사믹식초 하나뿐이었다.

"와아."

재걸의 입에서 감탄이 밀려 나왔다. 풍미 때문이었다. 식재료와 달리 풍미가 깊고 달달했다. 무엇보다 냄새의 결이 탄탄했다. 가볍지도 무겁지도 않았고 세지도 약하지도 않았다. 그것은 열두 가지 식재료가 완벽한 조화를 이루고 있는 걸 뜻했다. 이질적인 식재료조차 미식으로 통합해 버리는 윤기의 저력. 정말이지 말이 나오지 않았다.

식초는 마무리 과정에서 들어갔다. 요리는 그렇게 갈무리가 되었다.

"끝났군요?"

레이철이 제시한 접시와 같은 것에 구현된 윤기의 수프였다. 비슷해 보이지만 윤기 것의 비주얼이 더 우아했다.

"이게 뭐야?"

레이철이 그걸 모를 리 없었다.

"Bullshit. 원래 모든 짝퉁들은 진퉁보다 좋아 보이는 법이죠. 그래야 사람들을 유혹할 수 있으니까."

레이철의 방송 캐릭터가 본격적으로 나오기 시작했다.

시식은 사무엘이 맡았다. 그만이 이 수프를 먹어 본 사람이었다. 한 스푼이 그의 입으로 들어갔다. 대조를 위해 미리 만들어진 레이철의 것도 흡입.

"……."

"……?"

"……!"

사무엘의 표정근은 세 번 변했다. 그러더니 한 번 더 같은 사이클로 시식에 돌입했다.

"……!"

깊은 음미를 마친 그가 오랜 숙고에 들어갔다. 접시를 들어 풍미를 맡아 본다. 색깔도 본다. 이윽고 그의 아이패드에 저장된 파일까지 불러냈다.

"문제가 있어요?"

레이철이 물었다.

"그런 것 같습니다."

사무엘의 대답이었다.

"어떤 문제죠? 혹시 송 셰프의 수프가 기준 미달?"

레이철의 표정근에 기대감이 깃든다. 셰프를 띄우는 이상으로 죽여 버리는 것도 그녀의 주특기기 때문이었다.

"그 반대입니다."

"반대라고요?"

"이게 말입니다. 분명 와인이 다르거든요. 그런데 맛은… 전에 내가 먹어 본 그것과 똑같습니다."

"Fucking, 그게 무슨 말 같지 않은 소리예요? 레시피가 다른데 맛이 같다니?"

"의아하지만… 그렇습니다."

"그럼 어떻게 된 겁니까? 사무엘 기자님 레포트에는 분명 이 레시피라고 적혔잖아요?"

"맞아요. 내가 안드레아의 요리를 보면서 하나하나 적은 겁니다."

"사무엘 기자님."

거기서 윤기가 나섰다.

"송 셰프……."

"곰곰이 생각해 보세요. 맛에는 오류가 없지만 기억에는 오류가 있을 수 있습니다."

"오류?"

"레시피 메모… 확실합니까?"

"물론이죠. 안드레아의 조리대에 마르살라가 놓여 있었어요."

"혹시 다른 와인도 있지 않았을까요?"

"다른 와인?"

사무엘이 아련한 장기 기억의 서랍을 열었다. 흐트러진 기억들이 조금씩 제자리를 잡는다. 안드레아가 보인다. 그의 조리대도 보인다. 와인이다. 문제는 와인······.

"아."

사무엘이 탄식을 토했다. 그의 조리대에 놓인 와인은 둘이었다. 다만 마르살라가 가까웠다. 그 뒤에 놓였던 게 바로 세븐스 헤븐. 그렇기에 마르살라를 넣었다고 생각했던 사무엘이었다.

다시 한번 시식으로 확인을 한다.

레이철이 만든 마르살라 레시피의 수프, 그리고 윤기의 세븐스 헤븐 수프.

"송 셰프의 수프가 안드레아의 오리지널 맛과 일치하네요."

"Fucking, 두 분이 작당하고 저 속여 먹는 거 아니죠?"

레이철의 흥분 게이지가 급상승을 했다. 스푼을 든 레이철이 맛을 확인했다. 자기가 만든 것과 윤기의 것을 번갈아 체크한다.

"Oh, shit."

레이철이 숟가락을 던져 버렸다.

"빌어먹지만, 이 맛이 더 좋긴 하네요. 마르살라보다는 세븐스 헤븐을 넣은 게 더 완전한 맛이에요."

레전드로 불리는 레이철, 자존심을 구겼다는 듯 두 손을 들어 버렸다.

첫 번째 미션을 화려하게 넘어가는 윤기였다.

"역시."

지켜보던 이상백이 주먹을 불끈 쥐었다.

"송 셰프 정말 대단하네?"

화요 어머니가 웃는다.

"송 셰프님이잖아요."

화요가 어머니 손을 잡았다. 손에는 땀이 흥건하다. 그럼에도 윤기에게서 눈을 떼지 못하는 화요였다.

두 번째 미션이 준비되었다.

오븐에서 나온 건 모두 15장의 고기 패티구이였다. 잘 익었다. 하나하나 다른 접시에 담겼다. 가니쉬나 가니튀르 등은 일절 없었다.

"송 셰프."

레이철은 잔뜩 벼르는 표정으로 다가섰다.

"네."

"제 프로그램을 본 적이 있다고 했죠?"

"네."

"거기 단골 미션의 하나입니다. 요리된 육류 재료 맞히기."

"……."

"지금까지는 주로 한 가지를 찾아내라고 했습니다. 하지만 조금 전에 마음이 바뀌었어요. 아시다시피 이건 내 프로그램이고 여기서는 내가 법이거든요. 피디도 필요 없죠."

레이철이 권세를 뽐냈다.

"보다시피 열다섯 개의 패티가 있습니다. 타임으로 잠내를 잠고 소금과 블랙 페퍼만 더했습니다. 육류의 기원에 따라 구분할 수 있을까요? 단, 구분할 때 외에 접시에 손을 대는 건 금지입니다."

레이철이 열다섯 개의 접시를 가리켰다.

레이철의 실력도 보통은 아니었다. 모두의 모양새는 공산품처럼 똑같았다.

미션 열다섯 접시.

지지난번 레이철의 방송에서는 다섯이 나왔다. 레이철의 오더는 식물성 육류를 찾아내라는 거였다. 그러니까 나머지 네 개가 동물성 육류 요리였던 것.

쉽지는 않았다.

당시 초청된 셰프는 모두 다섯 명. 그들 중 한 명만이 콩으로 만든 식물성 육류를 찾아냈다. 틀린 네 명의 셰프에게 날린 레이철의 호통이 사이다였다.

"엄마 품으로 꺼져."

그러나 오늘 샘플은 무려 열다섯 개. 게다가 오더도 애매했다. 식물성처럼 한정된 조건이 아니었던 것.

그사이에 새로온 초대 손님 두 사람이 입장을 했다. 사무엘 옆에 앉는다. 전문 미식가들이다. 윤기는 그걸 알았다.

"야, 레이철 저 인간 너무 심하네?"

이상백이 중얼거렸다.

레이철의 실력은 미국에서도 톱클래스였다. 그건 요리만 봐도 알 수 있다. 겉보기에는 아무런 차이도 보이지 않는다. 그런데 애매한 조건까지 걸렸다.

"대체 뭘 하라는 거지? 소고기, 양고기, 염소고기 같은 걸 섞어 놓은 걸까?"

화요 어머니도 애가 탄다.

"그럴지도 모르겠네요. 고기 색깔이 비슷한 걸 보니."

"어쩌면 맛으로 구분하라는 거 아닐까요? 숙성 정도에 따라서 말이에요."

김혜주도 의견을 냈다.

"레이철이 기원이라고 했습니다. 그걸 감안하면 숙성은 아닌 거 같아요."

이상백의 생각도 나왔다.

윤기가 분석에 들어갔다. 일단은 향미였다. 접시 앞에 코를 대더니 눈을 감는다. 열다섯 개의 감상법이 똑같았다. 그런 다음에야 맛을 보았다. 조금씩 잘라 입안에 넣는다. 음미는 깊지만 오래 끌지 않았다.

열다섯 개의 접시.

윤기가 구분하기 시작했다.

접시는 모두 다섯 가지로 나뉘었다.

"끝났습니다."

윤기가 레이철을 바라보았다.

"다섯 가지 기원이라는 거군요?"

레이철이 물었다.

"네."

"얼마나 자신이 있나요?"

"100%?"

윤기의 답이었다.

"Shit, 1차를 통과하더니 오만에 불이 붙었군요?"

"식재료를 구분하는 건 셰프의 기본입니다."

"이건 완성된 요리거든요?"

"마찬가지예요. 요리를 역순으로 풀어 놓으면 식재료가 되니까요."

"확인해 보면 알겠죠. 이 문제를 도와주실 푸른 초원 미식기사단의 두 분을 모십니다."

레이철이 호명하자 새로 합류한 두 남자가 일어섰다.

[푸른 초원 미식기사단]

프랑스에서도 인지도가 높은 미식가 클럽이었다. 그들이 윤기 옆에 나란히 자리를 잡았다. 열다섯 개의 접시, 그 구분은 어떤 기준이었을까?

푸른 초원 미식기사단.

윤기도 알고 있다. 와일드 요리 기사단과 더불어 열 손가락 안에 꼽히는 격조와 전통을 자랑한다. 두 사람이 앞에 서자 본능적으로 그들의 체취를 파악했다. 오미와 육미, 칠미의 균형까지 제대로 된 사람들이었다.

"이 미션의 답은 접시 바닥에 있습니다."

한 사람이 접시를 가리켰다. 옆의 남자가 말을 이었다.

"원래 이 요리는 식물성, 동물성 육류를 가리는 단골 문제였습니다. 그러다가 얼마 전에는 자연육과 인공육으로 변형되어 출제되기도 했었죠."

"흐음."

레이철이 건방 모드의 추임새를 넣는다. 윤기가 보라는
듯…….

"하지만 이번은 좀 다릅니다. 레이철의 프로그램이 시도하는
아시아 아프리카의 숨은 셰프들의 제전. 그런 까닭에 전례 없이
난이도를 높여 보았습니다."

두 미식가는 막힘이 없었다.

"어느 정도 난이도죠?"

레이철이 물었다.

"흔히 말하는 SSS급 정도 될 것 같습니다."

"그럼 우리 송 셰프가 맞힐 기대감은 어느 정도입니까?"

"글쎄요, 우리가 시뮬레이션을 돌려 봤는데 최고의 미각을 가
진 미식가라고 가정할 때 이걸 100% 구분해 낼 가능성은 약
62% 정도였습니다."

"최고의 미각이 아니면요?"

"그렇게 되면 30% 미만으로 떨어집니다."

"어떤 미션이었는지도 발표해 주시죠?"

"일단 다섯 가지인 것은 맞습니다."

"와아."

미식가의 설명이 나오자 참관인들 사이에서 감탄이 터졌다.
윤기가 구분한 것도 다섯 가지이기 때문이었다.

"일단 비율은 맞게 나왔군요?"

"그렇군요."

"어떤 기원입니까?"

"셰프."

미식가가 윤기를 바라보았다.

답을 말해 봐.

옥박지르는 눈빛이다.

다섯 가지로 구분한 접시. 그 이유까지 밝혀야만 미션 클리어가 되기 때문이었다.

자리를 옮긴 윤기가 답을 적었다. 답지는 엎어 놓았다. 그제야 미식가가 정답을 발표했다.

"첫 번째 식재료는 일반적인 소고기입니다. 두 번째는 콩으로 만든 식물성 소고기가 있고, 세 번째는 실험실에서 줄기세포로 배양한 배양육, 네 번째는 송아지 고기, 마지막은… 이게 좀 어려운데 엄마 젖을 먹고 자란 송아지 고기입니다."

"……!"

참관인들의 이마가 창백하게 변했다. 다섯 가지가 전부 소고기였다. 기원은 다르다. 그러나 요리까지 되었다. 게다가 무려 열다섯 접시. 저 수준에 맞춰 구분하기란 불가능에 가까웠다.

"셰프의 답은 뭘까요?"

레이철이 윤기가 엎어 둔 종이를 잡았다.

"Oh, shit."

거친 욕설이 터졌다. 윤기의 답 때문이었다.

[엄마 젖을 먹은 송아지, 그냥 송아지, 식물성, 배양육, 소고기]

윤기의 구분은 순서만 다를 뿐 미식가들의 답과 일치하고 있었다.

"오 마이 갓."

미식가들이 소스라쳤다. 그 사이로 박수가 쏟아졌다. 정숙하라는 당부에도 불구하고 터진 참관인석의 박수였다.

"잠깐만요."

레이철이 포크를 집어 들었다. 그대로 시식에 돌입한다.

"말도 안 돼. 나도 몇 가지밖에 모르겠는데 말이야. 게다가 비글도 아니고……."

레이철이 포크를 집어 던졌다. 비글은 개 중에서도 후각이 뛰어난 견종이었다.

"셰프, 대체 어떻게 된 거죠?"

레이철의 얼굴을 붉으락푸르락 달아오르고 있었다.

"좋은 셰프는 고객의 식성에 맞출 수 있습니다. 그렇죠?"

"당연한 말씀을."

"그러자면 식재료의 특성도 함께 알아야 합니다. 그렇죠?"

"당연하다니까요."

레이철의 짜증이 폭발했다.

"처음에는 뭘 묻는 걸까 싶었습니다. 요리 냄새가 소고기 쪽이었거든요."

"어디에서 단서를 잡았나요?"

"콩으로 만든 고기였죠."

"그놈이 배신자였군요."

"그 옆에 동조자도 있었습니다."

"그건 또 누구인가요?"

"배양육요. 그 고기는 소고기의 향미가 약했습니다. 그러나 식물성보다는 강했죠."

"그래서요?"

"다른 세 가지 향미는 같았습니다. 하지만 차이가 있더군요."

"어떤 차이죠?"

"부드럽고 강하거나 진하고 연한 것의 차이?"

"송아지 고기도 그렇게 구분이 된단 말인가요?"

"한 접시에서 우유 냄새가 났습니다. 가만히 음미하니 다른 쪽보다 아련하면서도 부드럽더군요. 레이철이 말했었죠? 모든 고기는 같은 요리법을 썼다고. 그렇다면 이유는 하나뿐입니다. 엄마 소의 젖을 먹고 자란 송아지. 사람이나 동물이나 엄마 손길은 다르니까요."

"What the hell."

"이상입니다."

"Damn it. 우리가 난이도 조절에 실패했군요. 이것보다 높은 걸로 준비했어야 했어요."

레이철의 셀프 열폭이었다.

"굉장하군요. 우리도 기대하지 않았는데 정확하게 구분해 내시다니……."

두 미식가 역시 혀를 내둘렀다.

두 번째 미션을 클리어하는 윤기였다.

"좋아요. 우리가 오프닝 프로에 섭외한 보람이 있군요. 시시껄렁한 수준이면 녹화 중단, 그렇게 되면 항공료에 숙박비에 게스트들 섭외비까지 날아갈 판이었으니까요."

레이철이 전의를 가다듬는다.

"아오, 뭐가 또 있나 본데?"

진규태가 가슴을 졸인다.

"어류를 갈아놓고 구분하라지는 않겠죠?"

재걸이 중얼거렸다.

"뭐가 되었든 셰프님은 잘 해낼 겁니다."

장태산만은 담담했다. 그는 윤기의 눈을 보고 있었다. 아까보다도 빛이 난다. 이미 무아지경에 빠졌다. 그렇기에 어떤 미션이 나와도 수행해 낼 것만 같았다.

"사무엘 선생님."

레이철이 사무엘을 호명했다. 그가 토기 단지를 안고 나왔다.

"우리 송 셰프는 안드레아 셰프의 요리를 마스터했다고 했습니다. 맞나요?"

레이철이 윤기에게 확인을 요구했다.

"그렇습니다."

"자, 본인 인증이 끝났습니다. 이 안에는 그가 생전에 만들었던 요리 중에서 사무엘 선생이 기억하고 있는 요리 40여 가지를 담았습니다. 그중에서 두 개를 뽑아 재현해 보겠습니다. 주지할 것은 여기 있는 요리들은 사무엘 선생께서 자료 사진까지 가지고 있다는 사실. 도전하겠습니까? 셰프?"

"도전하죠."

"그럼 뽑아 주시죠."

레이철이 토기 단지를 가리켰다. 윤기가 단지를 받았다. 속이 깊어 아무것도 보이지 않았다. 윤기 손이 그 안으로 들어갔다.

손끝에 종이들이 닿는다.

첫 번째 미션 쪽지가 나왔다.

[1392년의 오리지널 슈톨렌]

"저게 뭐예요?"

수아가 이상백을 바라보았다.

"예수의 빵?"

"예수?"

"아기 예수를 쌌던 강보 모양의 빵이야. 독일이라는 나라에서 성탄절에 많이 먹지. 하지만 1392년의 오리지널이라는 건……"

이상백도 모르는 말이었다.

그사이에 윤기는 두 번째 미션을 집어 냈다.

[로빈후드 새끼염소탕]

"로빈후드?"

수아의 시선은 여전히 이상백 쪽이었다.

"활 잘 쏘는 사람, 그건 알지?"

"네."

"13세기 사람인데……"

이상백의 생각이 깊어진다. 신중해지기는 장태산과 진규태도 마찬가지였다. 역사적인 요리를 많이 선보인 윤기. 그 가운데도 이 두 요리는 없었다.

"여러분."

레이철이 나섰다.

"이 요리는 저도 같이 갑니다. 정답을 미리 보았거든요. 그러니까 송 셰프는 내가 만드는 요리와 똑같은 걸 만들어야 합니다. 하지만 걱정 마세요. 송 셰프와 저는 칸막이로 구분이 됩니다. 절대 커닝하지 못할 거라고요."

레이철은 의기양양했다. 이것도 컨셉이다. 그는 셰프들 골려 먹기를 좋아한다. 때로는 극단까지도 몰아붙인다. 실력이 있다고 알려진 셰프라면 더 가혹하다. 시청자들이 열광하기 때문이었다. 셰프의 한 오라기까지 다 벗겨 내는 것. 시청자들이 레이철 쇼에 원하는 준엄한 요구였다.

"셰프, 시작할까요? 자신이 없으면 이제라도 기권이 가능합니다만, 참고로 내 프로그램에서 기권한 셰프의 합이 지난 회차까지 49명이었어요."

"시작하죠."

윤기가 앞치마를 둘렀다.

"오빠, 파이팅."

수아가 로봇 팔을 들어 보였다. 윤기는 주먹을 쥐어 화답했다.

[오리지널 슈톨렌과 로빈후드 새끼염소탕]

슈톨렌은 단순한 빵이 아니었다. 이 빵은 종교와 더불어 죄악과 탐닉의 논쟁에서 자유롭지 못했다. 처음과 달리 호사스럽게 변모해 간 까닭이었다.

역사적으로 육류와 계란, 유지방이 과도한 요리는 폭식 내지는 호색으로 연관되어 금지되는 경우가 많았다. 그러다 15세기 이후로 완화가 되었다. 그때부터 슈톨렌의 변신이 시작되었다. 초기와 달리 다양한 재료를 넣어 럭셔리하게 진화된 것이다.

1392년의 오리지널이라면 처음으로 기록된 슈톨렌이다. 그러니까 이 미션은 가장 수수한 모습을 재현하라는 뜻이었다.

로빈후드의 염소탕도 비슷한 맥락이다. 시대를 거슬러 올라가면 요리는 단순화된다. 향신료와 채소가 다양하지 못했기 때문이었다.

그 재현에 더불어 맛이 중요했다. 그 시대의 요리사들은, 그런 조건만으로도 인간의 미각을 충족시켰다. 식재료가 풍부하다고 해서 셰프의 실력이 좋아지는 건 단연코 아니었다.

슈톨렌의 재료는 딱 세 개만 골랐다.

염소탕의 식재료는 조금 많았다. 일단은 염소 고기와 베이컨이 필요했다. 그다음이 와인이었다. 이 염소탕에도 레드와인을 쓴다. 도수는 가장 낮은 것으로 선택을 했다.

여기까지는 좋았다.

그런데.

윤기가 옆길로 샜다. 식재료에 없는 걸 집어 들었으니 참밀과 시금치였다. 식재료 픽을 지켜보던 레이철 입가에 미소가 스쳐 갔다. 윤기는 그걸 보지 못했다.

"느낌이 싸한데요?"

이상백이 감을 잡았다.

"뭐가 잘못되었나요?"

김혜주가 물었다.

"레이철 말입니다. 송 셰프를 지켜보는 눈길이 미묘했어요."

"잘못된 게 있군요?"

"하지만 송 셰프 모습을 봐서는……."

이상백은 윤기를 보고 있었다. 요리에 돌입 중이다. 약간의 흔들림도 없다. 정답을 모르는 이상백. 윤기를 믿어 보기로 했다. 보스키 도르 대회에서도 반전을 이룬 윤기이기 때문이었다.

그럼에도 우려는 조금씩 커져 갔다. 요리가 시작되면서부터였다. 슈톨렌부터 그랬다. 레이철은 아주 익숙했다. 정성스럽고 섬세했다. 거기에 비하면 윤기의 과정은 간결했다.

염소탕은 그림부터 달랐다. 레이철에게는 없는 식재료 시금치와 참밀. 그렇다면 둘 중 하나는 틀렸다. 그렇다면 윤기였다. 레이철은 정답을 안다고 말했기 때문이었다. 많은 사람들의 생각이 그랬다.

"어떡해?"

수아가 울상을 지었다. 수아 어머니가 수아를 품었다. 이제는 지켜볼 뿐이었다.

염소탕은 진공 마리네이드를 거쳤다. 그건 레이철도 같았다. 그렇지 않으면 하루를 방치해야 한다. 아무리 녹화라지만 그건 안 될 말. 그렇기에 레이철의 프로그램에 나오는 마리네이드는 진공이 원칙이었고 윤기도 미리 들어 알고 있었다.

베이컨은 주사위 형태로 커팅되었다. 해바라기유를 두르고 볶

다가 토끼고기를 더해 화력을 높였다. 그런 다음 토기로 제작된 찜기에 넣었다. 미리 볶아 둔 양파와 건포도를 고기 위에 올렸다. 향신료와 레드와인을 더하고 오븐에 넣었다.

[200℃]

온도 세팅은 윤기와 레이철이 같았다. 옆 오븐으로는 슈톨렌이 들어갔다. 이후에 두 사람은 다른 길을 갔다. 레이철은 도마를 정리하고 세팅 준비에 들어갔지만 윤기는 참밀을 삶고 시금치를 볶았다.

애가 타는 건 참관인들이었다. 답을 아는 레이철과 너무 다른 모습의 윤기. 그걸 모르는 사람은 윤기뿐이었다.

"우리 셰프는 혼자 바쁘군요."

레이철은 콧노래까지 불렀다.

그 순간.

한 사람 고개가 갸웃 기울었다. 그가 움직이기 시작했다. 사무엘 옆에 앉은 또 한 사람의 초대 손님이었다. 앞에 놓인 노트북 화면을 열었다. 파일은 셀 수도 없이 많았다.

[영국 로빈후드 새끼염소탕]

그가 연 요리 자료의 이름이었다. 손으로 터치하자 방대한 영어 자료가 나왔다. 스크롤을 내리며 뭔가를 찾던 이 사람. 한 자료 앞에서 넋을 놓고 말았다.

'맙소사.'

소리 없는 탄식에 안색이 변했다. 거기 윤기가 이어 가는 시금치와 참밀의 열쇠가 있었다.

"스톱, 이제 손을 떼세요."

레이철의 선언은 단호했다. 윤기가 접시 앞에서 한 걸음 물러섰다. 요리는 완성이었다.

[슈톨렌]
[로빈후드 새끼염소탕]

두 개의 접시가 한눈에 들어왔다. 윤기의 요리치고는 화려하지는 않았다. 슈톨렌은 더욱 그랬다. 그건 정말 소박함의 절정이었다. 접시도 그랬고 데코로 올려놓은 노란 꽃 한 송이도 수줍어 보일 뿐이었다.

염소탕 역시 중세의 어느 식당에서나 볼 수 있음직한 비주얼이었다. 그릇 안의 염소탕은 단아하지만 고급 요리라는 느낌은 찾아보기 힘들었다. 옆에는 잘 삶아진 참밀과 시금치 볶음이 놓였다.

그림만 보면 윤기의 승이었다. 레이철의 재현에는 참밀과 시금치가 없었다. 나머지는 약간의 차이가 있을 뿐 거의 비슷한 비주얼이었다.

"1392년의 슈톨렌과 로빈후드의 염소탕."

레이철은 기세등등했다.

"송 셰프."

"예."

"내 요리보다 종류가 많군요?"

"그렇네요."

"가짓수로 승부한다?"

"그럴 리가요?"

"그럼 이게 안드레아의 염소탕이라는 겁니까?"

"네."

"하아하핫."

레이철이 배를 잡고 웃었다.

"My God, my shit."

그다음은 코웃음이었다.

"좋아요. 일단 시식 평가부터 해 볼까요? 모십니다. 중세 요리에 해박한 프랑스의 역사 미식 기사단, 마엘과 가빈."

레이철의 멘트는 어느 때보다 높았다. 새로 추가된 두 명의 미식가가 요리 앞으로 나왔다.

"1392년의 슈톨렌이란 어떤 슈톨렌입니까?"

레이철이 히스토리 체크에 들어갔다.

"오늘날의 슈톨렌과는 다르게 소박하죠. 검소와 소박의 상징이랄까요? 당시에는 버터나 아몬드, 고기나 말린 과일 등을 쓰지 않았습니다. 재료라고는 오직 세 가지, 귀리와 카놀라에 물을 썼을 뿐이죠."

"저는 한 가지를 더 썼어요."

윤기가 답했다.

"……?"

"정성입니다."

"그렇군요."

"요리의 재현에 있어 포인트로 삼아야 하는 게 무엇일까요?"

"시대성과 레시피, 그리고 맛이겠죠."

"맛, 바로 그겁니다. 우리가 그것 때문에 역사적인 요리를 소환하고 재현하는 거죠. 과거의 맛을 경험하고 그 맛을 현대의 요리에 적용하기 위해서."

"맞습니다."

"그런 의미에서 이 슈톨렌들은 어떻습니까?"

"외관은 문제가 없네요. 냄새를 보니… 식재료도 귀리만 들어간 것 같습니다."

"문제는 맛이겠군요?"

"그렇겠죠?"

"시식 부탁합니다."

레이철이 슈톨렌을 가리켰다. 두 미식가는 나이프를 쓰지 않았다. 손으로 툭 떼어 내더니 맛을 보기 시작했다. 레이철의 슈톨렌은 만족감이 높아 보였다. 윤기의 것에서는 고개가 갸웃 돌아갔다. 두 미식가가 다 그랬다.

"표정만 봐도 알 것 같군요. 어떤 슈톨렌이 1932년의 오리지널입니까?"

레이철의 목소리가 높아졌다.

"이 슈톨렌은 맛이 기막히군요. 빵 안이 촉촉하고 부드러워요."

"그게 바로 제가 재현한 슈톨렌입니다."

"거기에 비하면 이 슈톨렌은 거칠고 투박해요. 반죽 안에서 입자도 느껴지는 것 같고……"

"그게 송 셰프의 것이고."

"하지만 입안에 남는 여운은 이게 더 낫네요. 따라서 이 슈톨렌이 1932년 판에 가까운 것 같습니다."

미식가들의 선택은 윤기의 것이었다.

"What the hell?"

레이철의 미간이 과격하게 구겨졌다.

"당신들, 그게 무슨 말이야?"

바로 욕설 캐릭터로 돌변하는 레이철.

"말하자면… 레이철의 슈톨렌은 21세기 사람이 14세기 의상을 걸친 모습인데 이 슈톨렌은 진짜 14세기 사람 같다는 거죠."

"어떤 이유로요?"

"당신 슈톨렌은 현대의 기술이 실렸어요. 귀리 가루 말입니다. 체로 내리고 또 내려서 부드럽게 만들었죠? 카놀라도 최상급으로 썼고요. 반면 이 슈톨렌은 거친 귀리가 들어갔고 카놀라도 평범하네요. 당시의 환경과 테크닉을 고려하면 적절한 판단이 될 것 같습니다만."

"Oh, No, 동의 못 해."

레이철이 윤기의 슈톨렌 한 조각을 떼어 들었다.

"Bullshit, 가루도 제대로 거르지 않은 이 빵이 어떻게……?"

핏대를 올리던 레이철의 폭주가 멈췄다. 레이철, 잔뜩 구겨진 미간으로 빵을 음미한다. 꽤 긴 시간이었다. 그러더니 자기 슈톨렌을 떼어 먹으며 비교에 들어간다.

"Shit."

레이철의 표정근이 또 한 번 구겨졌다.

"송 셰프."

레이철의 눈빛이 윤기의 설명을 다그쳤다. 그러자 이번에는 윤기가 레이철의 슈톨렌을 베어 물었다.

"좋네요. 부드럽고 촉촉한 속… 과연 레이철입니다."

"염장 그만 지르고."

레이철이 버럭 했다.

"귀리 가루를 손으로 부수고 채로 걸렀죠? 그것도 세 번 이상?"

"빵을 만드는 기본이잖아요?"

기본.

맞는 말이었다. 윤기도 그런 방법을 많이 써 왔다. 고운 체로 거르는 것만으로는 최상의 가루를 얻을 수 없었다. 그러니 손으로 부수고 뭉개 줘야 한다.

"셰프는 어떻게 한 거죠?"

"저도 레이철처럼 했습니다. 손으로 부수고 고운 체로 걸러 고운 가루를 받았죠."

"지금 장난해요?"

"아아, 거기까지는 똑같았어요. 다만 저는 반죽을 할 때 그냥 귀리를 반 섞었습니다."

"……?"

"현대인의 입맛에 맞추려면 가루를 거르는 게 맞아요. 하지만 14세기 재현이잖아요? 다소 거친 맛과 식감의 표현이 필요하다고 느꼈습니다."

"다른 건요?"

"물이죠."

"물?"

"레이철은 어떤 물을 썼나요? 저는 미네랄 워터, 즉 결합수로 불리는 단물을 썼습니다. 14세기라면 주로 샘물이나 지하수, 혹은 빗물을 받아 먹었겠죠? 빗물도 단물이잖아요? 결합수에 가장 가까운 걸 찾다 보니 미네랄 워터더라고요."

"결합수……."

레이철의 이마가 창백해졌다. 윤기를 인정한 것이다.

"아, 좋아요, 잘도 빠져나가는군요. 하지만 아직 하나가 남았다는 것, 유념하세요. 어떻게 보면 이게 오늘의 메인일 테니까요."

레이철은 바로 분위기를 바꾸었다.

"로빈후드의 염소탕, 이건 빼도 박도 못 하겠죠? 사무엘 선생님, 어떻게 생각하세요?"

레이철이 사무엘을 불러냈다. 바로 사무엘의 자료 사진이 공개되었다. 안드레아가 만들었던 로빈후드의 염소탕이었다.

"이건 세 살 먹은 아이들이라도 알 수 있죠. 안 그래요? 송 셰프?"

레이철의 목에 힘이 들어갔다. 맛은 몰라도 비주얼이 달랐다. 윤기의 요리 옆에 놓인 참밀과 시금치 때문이었다.

"사무엘 선생님?"

"안드레아의 요리에는 참밀과 시금치가 없었습니다."

"확실한가요?"

"그럼요. 제가 조작할 이유가 없잖아요?"

"그럼 이 요리는 더 볼 것도 없죠. 송 셰프, 슈톨렌에서의 행운은 더 따르지 않을 것 같네요. 당신의 로빈후드 염소탕은 실패작입니다."

실패작.

그 단어에 레이철의 방점이 찍혔다.

"동의할 수 없습니다."

윤기가 말했다.

"동의 못 한다고요? Oh, My God. 셰프, 여기는 레이철 쇼, 즉 내 프로그램이에요. 성공과 실패에 대한 최종 판결권이 나에게 있다고요."

레이철이 윤기를 닦달하고 나섰다.

"그래도 진실은 진실이니까요."

"어떤 진실요? 사무엘의 자료 사진 못 봤어요? 거기 참밀이 있나요? 시금치가 있나요?"

"사진은 중요하지만 그렇다고 모든 진실을 다 기록할 수 있는 건 아닙니다."

"뭐라고요?"

"사무엘 기자님."

윤기가 사무엘을 보며 말을 이었다.

"사진 속의 요리를 직접 드셨죠?"

"그럼요."

"참밀과 시금치는 분명 없었고요?"

"확실합니다."

"그날 안드레아 셰프는 어땠나요? 혹시 바쁘지는 않았나요?"

"바빴죠. 영국 프리미어 리그 톱스타 선수 세 쌍을 대접하고 있었습니다. 그들이 여자들을 동반했었거든요."

"그렇다면 안드레아가 말을 했나요? 로빈후드의 염소탕은 이걸로 끝이라고?"

"네?"

"제 말은 안드레아가 명시적으로 염소탕 하나로 끝이라는 말을 했냐는 겁니다."

"아뇨. 이걸 세팅해 주기 무섭게 축구선수들의 호출이 있었거든요. 보아하니 주문이 너무 많아 보여 저는 슬쩍 나왔죠."

"그 후에도 별다른 말은 못 들었고요?"

"염소탕 같은 건 안드레아에게 그렇게 특별한 오더가 아니었어요. 게다가 늘 바쁜 사람이니 따로 돌아볼 이유도 없었죠."

"아쉽군요. 제 생각이지만 참밀과 시금치는 준비가 되었을 겁니다. 다만 축구선수들이 오는 바람에 잠깐 잊었을 뿐이죠. 나중에 생각났을 때는 기자님이 돌아간 후였고."

"셰프, 여기는 법정이 아니고 내 프로그램이에요. 나아가 당신은 변호사도 아니고 안드레아라는 증인은 출석할 수도 없어요. 그러니 궤변 같은 상상의 나래는 곤란하다고요."

레이철이 쐐기를 박았다.

"레이철."

그제야 중세 전문가가 끼어들었다.

"오, 토미, 그러잖아도 당신 차례예요. 우리 송 셰프의 궤변 좀 막아 주세요."

"참밀과 시금치 때문이죠?"

"맞아요. 방송 일 한 이후로 이런 경우는 처음입니다. 뻔뻔하기가 그지없다니까요."

"제 생각에도……."

"레이철의 승이죠?"

"송 셰프 승입니다."

"뭐라고요?"

레이철의 눈빛이 튀었다.

"Damn it. 그게 무슨 개같은… 당신들 다 짜고 나왔어요? 이러면 다음부터 섭외 안 들어갈 줄 아세요."

레이철의 욕설 캐릭터가 불꽃을 뿜었다.

"짜다뇨? 오늘 처음 보는 셰프인데……."

"그런데 왜? 사무엘의 사진이 증거잖아요? 게다가 사무엘은 직접 먹어 본 사람이고."

"사무엘 선생님."

전문가가 사무엘을 바라보았다.

"예?"

"혹시 사진 속의 요리를 몇 번이나 먹어 봤습니까?"

"저게 처음이자 마지막이었습니다만."

"딱 한 번이라……."

안경을 고쳐 쓴 전문가가 윤기 요리 앞으로 다가섰다.

"13세기의 염소탕… 사실 이 요리는 토끼를 많이 썼죠. 당시로서는 꼬챙이로 꿰어 장작불의 곁불로 구워 내는 것에서 진일

보한 요리였습니다."

전문가의 설명이 이어진다. 레이철은 팔짱을 낀 채 청각을 세웠다.

"식재료는 깍뚝썰기를 한 베이컨과 양파, 가너미 월계수와 육두구, 건포도, 계피 등이 들어갔죠. 거기에 레몬즙과 도수가 낮은 레드와인……."

"……."

"그러고 보니 뭔가 허전하죠. 이것만으로 끼니를 때우자면 고기와 베이컨이 많이 필요했고요. 하지만 주지하다시피 13세기 로빈후드의 시대에는 먹을 것이 풍족하지 않았습니다. 그렇기에 곁들여 먹을 재료가 필요했죠."

"……."

"그게 바로 참밀과 시금치 요리입니다. 참밀은 당시 애용하던 곡류의 하나였고 시금치 역시 양배추, 쐐기풀에 더불어 많이 먹던 채소니까요."

"이, 이봐요."

"사무엘 선생의 말이니 염소탕 구성만 체크할 생각이었어요. 그런데 송 셰프가 요리하는 과정을 보니 언젠가 보았던 자료가 스쳐 가더군요. 시금치 볶음과 참밀 말입니다."

"그래서요? 송 셰프의 염소탕이 오리지널이라는 겁니까? 사무엘의 사진이 있는데도?"

"이 자리가 사무엘 선생이 먹은 요리, 즉 그 사진만을 재현하는 자리라면 레이철의 요리가 합당합니다. 하지만 로빈후드의 염소탕이 주제라면 송 셰프의 요리가 적합하다고 생각합니다. 추

측이었지만, 프리미어 축구선수들이 오지 않았다면 참밀과 시금치가 나왔을 수도 있었을 테니까요."

"Bullshit, What the hell!"

레이철이 폭주하는 동안 전문가가 윤기를 바라보았다. 그의 엄지가 윤기를 향해 겨눠진다.

"아홉… 그 말이 맞는 것 같군요."

어느 틈에 시식을 마친 사무엘이 감탄을 쏟아 냈다.

"참밀과 시금치 볶음… 확실히 염소탕만 먹는 것보다 나아요. 프리미어 선수들 잘못이네요. 하필 그때 쳐들어와서 내 기록에 오류를 남겼어요. 더불어 레이철의 요리에도."

"어디 봐요, 내가 직접 확인해야겠어요."

레이철이 요리 앞으로 나섰다. 일단 자기 것과 윤기 것의 맛부터 비교했다.

맛은 비슷했다. 레이철의 요리 솜씨 역시 윤기에 못지않기 때문이었다. 하지만 뒷맛이 달랐다. 윤기의 것은 먹을수록 끌렸다. 처음 들어간 염소고기와 베이컨이 악마의 손이 되어 미각을 잡아채는 것이다.

이번에는 참밀과 시금치를 곁들였다.

"……!"

레이철은 척추가 노곤해지는 걸 느꼈다. 참밀과 시금치의 풍미가 미각에 불을 질러 버렸다. 세 번이나 퍼먹다가 동작을 멈췄다. 클로즈업 카메라가 다가온 것, 그제야 알았다.

"Shit, Shit, Shit."

레이철의 짜증이 불을 뿜었다.

"컷, 그 카메라 좀 치워요. 먹을 때는 개도 안 건드린다고요."

목소리만 험악하지 눈은 풀렸다. 그녀는 이미 윤기 요리에 빠져들고 있었다.

제6장
—
빛나는 전리품

"아아후."

수아가 안도의 숨을 쉬었다. 그 소리가 참관인 모두에게 들렸다. 수아 어머니가 수아를 꼭 안아 주었다. 수아가 바라는 만큼 어머니의 바람도 간절했었다.

"역시 송 셰프."

진규태의 엄지에 힘이 들어갔다. 더 이상의 말이 필요 없었다.

"진짜 멋진 분이죠?"

장태산의 눈에도 신뢰가 가득했다. 윤기의 요리를 보고 있으면 불굴의 전사 캐릭터가 떠올랐다. 도무지 이기지 못할 상대까지도 꿇려 버리는 불굴의 기사. 윤기의 요리에는 그런 반전이 있었다.

"셰프."

레이철이 윤기를 포옹했다. 전투적 욕설 캐릭터로 불타던 컨셉과 달리 우아한 셰프이자 진행자로 돌아온 그였다.

"첫 프로그램을 빛내 줘서 고마워요."

"영광이었습니다."

"동시에 다음 편부터 출연할 셰프들에게는 원망 좀 들을 거예요. 우리 프로그램의 수준을 너무 올려놓았거든요."

"감수하겠습니다."

"다음에 모시면 클레오파트라의 요리를 청하고 싶네요. 아니면 동양의 양귀비가 좋아했던 요리요. 가능하죠?"

"물론이죠."

"혹시 먹으면 젊어지는 요리도 있을까요?"

"있습니다."

"앗, 정말요? 요리 이름이 뭐죠?"

"사랑하는 사람과 행복하게 먹으면 젊어지죠. 메뉴는 상관없어요."

"기막힌 정보로군요. 하지만 아직 사랑하는 사람이 없어서 말이죠."

"그건 어떤 셰프도 해결하지 못할 식재료입니다."

"새로이 미식 호텔을 오픈하셨다고요?"

"그렇습니다."

"신개념과 신스킬을 장착한 셰프를 찾아 지구를 돌게 될 레이철 쇼의 스페셜 셰프 첫 번째 방송, 코리아의 신성 송윤기 셰프와 함께 꾸며 보았습니다. 그러나 조심하세요. 송 셰프의 요리는 악마의 요리이자 요리의 악마, 한 번 먹으면 헤어나기 어려우니 이분을 만나거든 카드 한도부터 체크하시기 바랍니다."

레이철의 재치 넘치는 엔딩 멘트와 함께 스튜디오의 불이 꺼졌다.

"송 셰프."

김혜주가 스튜디오로 올라갔다.

"누나."

"잘했어."

김혜주가 윤기를 안았다.

"선배, 좀 대충 하고 끝내세요. 호적상 누나도 아니면서 그렇게 독점하면 우린 어쩌라고요?"

뒤에서 잔소리 폭탄이 날아왔다.

"민영이 너……?"

발끈하던 김혜주의 눈빛이 주저앉았다. 분위기가 그랬다. 참관인 모두가 줄을 서 있었다.

"죄송합니다."

김혜주가 머쓱하게 물러섰다.

"어머니."

김민영이 윤기 어머니의 등을 밀었다. 어머니는 윤기의 손을 잡은 채 고개를 끄덕거릴 뿐이었다. 수아와 장태산과, 진규태 등의 차례까지 끝나자 화요가 다가왔다.

"이거요."

화요가 음료 한 병을 건네 왔다.

"……?"

받아 마시던 윤기가 화요를 바라보았다. 익숙한 이 맛, 화요가 생산을 추진 중인 윤기의 음료수였다.

"마음에 들어요?"

"굉장히 근접했는데요?"

"셰프님이 분전 중이니 우리 연구팀 닦달 좀 했죠. 성공하면 돈쫄내 주겠다고요."

"흐음, 현질은 한계가 있을 텐데?"

"나중에 이 방송 보면 도움이 많이 될 거예요."

"어머니까지 오셨어요?"

윤기가 화요 어머니에게 예의를 갖추었다.

"우리 엄마도 셰프님 팬이시잖아요? 실은 오늘 절에 가서야 하는데 그것도 빼먹으신 걸요."

"그래요?"

"안 가길 잘했죠. 셰프님이 척척 해내는 걸 보니 명상 못지않게 정화되고 용기가 생기더라고요."

어머니의 덕담이었다.

"셰프님."

김민영과 여먹4총사 멤버들의 습격이 이어졌다.

"와아, 이제 글로벌 스타세요."

"미국 방송 출연이라니 너무 멋졌어요. 이러다 아카데미상 받는 거 아니에요?"

"야, 그건 영화를 찍어야 받는 거고."

멤버들의 축하가 좌충우돌 들어온다.

"저희 언제 저 슈톨렌 좀 먹게 해 주세요."

"나는 염소탕, 시금치 싫어하는데 저건 먹어 보고 싶네요."

귀여운 앙탈까지 이어지니 사람들이 웃었다. 레이철이 거기다 기름을 부었다.

"셰프, 원하시면 남은 재료로 요리를 하셔도 돼요. 제가 도와 드릴 용의도 있습니다만."

레이철이 식재료를 가리켰다.

"와아아."

여먹4총사가 먼저 반응을 했다.

"그럴까요?"

윤기가 팔을 걷고 나섰다. 어차피 깔린 판. 레이철의 허락까지 떨어졌으니 못 할 것도 없었다. 남은 염소고기를 다 털어 넣고 베이컨도 털었다. 귀리 역시 바닥까지 탈탈 털었다. 진규태와 재걸도 나서 잔일을 도왔다. 참밀을 찌고 시금치를 다듬는 일을 거드니 진행이 빨랐다.

"슈톨렌과 로빈후드의 염소탕 나왔습니다."

윤기가 냄비 바닥을 두드려 요리의 완성을 알렸다. 순식간에 만들었지만 그 맛이 어디 갈 리 없는 일. 즉석 파티에는 조나단과 피디 등의 촬영 팀까지 합석을 했다.

"레이철의 스페셜 프로그램의 대박을 위하여."

"송 셰프의 요리 세계를 위하여."

김혜주의 건배사와 함께 와인까지 곁들였다.

어떻게 보면 소박하고 검소한 요리. 그러나 분위기라는 게 실렸으니 지상의 어느 성찬 못지않은 맛이었다.

"아까의 욕설에 대한 사과예요. 제 컨셉이지만 더러 우는 셰프도 있거든요?"

레이철이 따르는 와인이 꼴꼴꼴 맑은 소리를 냈다.

"송 셰프."

사무엘이 다가왔다.

"당신 정말… 안드레아가 빙의라도 한 것 같습니다."

"그래요?"

"당신 말을 듣고 보니 기억이 떠올랐어요. 그때 안드레아 주방
의 시금치 냄새 말입니다."

"그때 것까지 오늘 많이 드십시오."

"그러고 싶은데 시금치가……."

사무엘이 어깨를 으쓱해 보였다. 시금치는 대인기였고 어느새
동이 나 버렸다.

"시금치가 이렇게 맛있는 줄 몰랐어."

여먹4총사의 이국희가 목소리를 높였다. 마지막 접시를 차
지한 그녀 입으로 시금치 한 덩어리가 통째로 흡입되고 있었
다.

*   *   *

"송 셰프님."

미식하우스에 마주 앉은 사무엘의 눈빛은 깊고 또 깊었다.

"오늘 수고 많으셨습니다."

"수고는 셰프님이 하셨지요."

"아닙니다. 어쩌면 기자님 덕분에 출연 결정이 되었을지도 모

룹니다."

"나 때문에요?"

"안드레아 요리의 사진 말입니다. 그리고 직접 그 요리들을 먹어 본 증인이라 검증이 가능하니까요."

"그런데도 보란 듯이 틀렸죠."

"로빈후드의 요리 말이군요."

"당신은 눈에 보이는 레시피만 좇지 않는군요. 그 또한 안드레아를 닮았습니다."

"그런가요?"

"그도 그랬죠. 서양 요리에 더해 중국요리를 좋아했습니다. 만족스럽지 않으면 유럽 일대를 다 돌아서라도 기원을 찾아냈어요. 그가 가 보지 않은 수도원이 없을 지경입니다. 그곳 자료실이나 도서관에 보물들이 많다나요?"

"기자님도 더러 동행하셨겠네요?"

"그랬죠. 한 번은 파리 외곽의 수도원에서 열흘 동안 매진하더군요. 식사는 빵이나 햄버거로 5분 만에 해결하고 화장실 가는 것 외에는 한눈을 팔지 않았어요. 저는 그때 그에게 반했죠. 비록 오만방자한 측면이 있다고 해도 그의 요리만은 까면 안 된다고 생각했어요."

"고맙습니다."

"송 셰프가 왜요?"

"그런 내력이 있기에 안드레아의 요리가 일가를 이루었고 제가 배울 수 있게 되었으니까요."

"하지만 여전히 의문입니다. 안드레아는 따로 남긴 레시피가 없었거든요. 왜냐면 그에게는 레피시가 필요 없었으니까요."

"사람이란 알 수 없는 존재지 않습니까? 기자님이 모르는 일은 얼마든지 일어날 수 있으니까요."

"그건 인정합니다. 내가 모르는 안드레아, 가능하죠. 몇 번 그런 모습을 본 적도 있어요."

"어떤 걸까요?"

"예를 들면 여자들에 대한 태도랄까요? 제가 볼 때는 영 아닌데 친절한가 싶으면 그 반대인 경우도 있었습니다."

"요리는요?"

"극과 극을 달릴 때가 많았죠. 그 레시피는 익히지 못했습니까?"

극과 극.

왜 모를까?

안드레아 요리의 유명세가 높아지자 망나니 귀족들도 줄을 섰다. 신용카드부터 맡기고 시작하는 사람도 있고 현금 가방을 내놓는 사람도 있었다.

[아무에게도 시도하지 않은 최고의 요리를 가져와.]

그들의 오더였다.

오만한 손님에게는 오만한 요리를 선보였다. 맛의 상승과 대비 효과 등을 강력하게 부각시켰다. 이런 요리를 먹으면 미각이 흥분한다.

만족도가 높아진다. 하지만 부작용이 있을 수 있다. 예를 들면 신맛이다. 이건 짠맛과 단맛을 높이면 살짝 숨어 버린다. 그러니 신맛을 극단으로 높이고 짠만과 신맛을 비례해 높이면 어떻게 될까? 뭐든 지나치면 독이 되게 마련이었다.

"잠깐만요."

윤기가 일어섰다. 요리란 실전이다. 최고의 셰프들에게는 레시피가 필요 없었다.

간단한 프리타타를 만들었다. 그런 다음 몇 가지 가루를 뿌리고 반으로 접어 접시에 담았다.

"몇 가지 배웠는데 그중 하나입니다."

윤기가 프리타타를 내밀었다.

"이거 설마?"

"드셔 보세요."

"……?"

한 입 베어 물던 사무엘이 몸서리를 쳤다.

"맙소사."

그의 탄식이었다.

"먹어 본 적이 있으신가요?"

윤기가 짐짓 물었다.

"그럼요. 딱 이 맛이었어요. 이 안에 들어간 단맛 분자들… 슈가, 천연감미료, 아스파탐, 그리고 아세설팜칼륨?"

"빙고."

윤기가 웃었다. 단맛의 분자들을 한 줄 한 줄 줄을 세운 맛이었다. 단맛이라고 농도만 다른 게 아니었다. 분자구조가 다르다.

미각에는 이런 단맛을 식별하는 수용체가 존재한다. 따라서 단맛만으로도 변화를 낼 수 있다. 하지만 일반적인 경우는 아니었다. 단맛에 환호하는 사람이라면 이런 극단의 처방을 쓸 수도 있었다.

"여기까지 이르니 오르톨랑이 욕심나는군요. 치명적이던 그 맛……."

사무엘의 눈에 회상이 서린다. 오르톨랑은 프랑스의 명품 요리다. 그러나 이제는 불법 요리가 되었다.

그렇다고 지구상에서 사라진 것은 아니었다. 아직도 일부는 그 요리를 즐기고 있었다.

"한국에도 멧새는 많습니다만."

"그 요리에 매료된 러시아 친구가 있어요. 그 친구가 전화를 해 왔습니다."

'러시아 친구?'

"안드레아를 새장에 넣어놓고 요리할 때만 꺼내 놓고 싶어 하던 친구였는데 당신 소문을 들었나 봅니다. 제가 한국에 간다고 하니까 검증이 되면 연락을 달라고 해요. 자이체프와 왔던 날 연락을 할까 싶다가 오늘까지 참았죠. 너무 믿기지 않아서 말이에요."

"……."

"레이철의 녹화가 끝나고 연락을 했더니 당장이라도 날아올 태세예요."

'세브첸코……'

윤기는 그가 누군지 알았다. 그런 말을 하는 러시아 사람이라면 단 하나밖에 없었다. 멕시코의 페드로와 더불어 안드레아의 요리에 제대로 홀렸던 러시아의 미식가이자 군수업자… 그리고… 중국의 만한전석에 버금가는 서양의 '만한전석'의 가부를 물었던 사람.

"어떻습니까? 러시아 고객의 예약 한번 받아 보시겠어요?"

"저야 고맙죠."

"이 친구가 엄청난 대식가입니다. 안드레아의 요리라면 10인분 이상은 기본이에요."

"그것도 고맙죠."

"요리가 마음에 들면 당신을 납치할지도 모릅니다. 모스크바에 있는 그의 저택으로요. 자가용 비행기에 경호원까지 있으니 안 될 것도 없어요."

"안드레아도 납치를 당했었나요?"

모른 척 또 물었다.

"백지수표를 내놓았는데 거절했어요. 안드레아는 돈에 팔려 다니는 사람이 아니었거든요."

"그럼 어떤 사람이었죠?"

"누구에게도 자신의 요리를 팔지 않았습니다. 그들을 자신의 테이블에 앉힐 뿐. 즉 자신이 메인이고 손님이 서브였어요. 교주와 신도 같은 관계라고 할까요?"

사무엘의 답이었다.

"그 사람은 지금도 부자인가요?"

"우리보다 백만 배, 천만 배는요."

"……"

"전보다는 사세가 많이 약해졌어요. 하지만 그냥 주저앉을 사람은 아니죠. 그래서 더 송 셰프의 요리를 원하는 눈치입니다. 그에게 안드레아의 요리는 행운의 상징이었거든요."

알고 있습니다.

하마터면 그렇게 말할 뻔했다.

"좋은 요리의 기억들… 그건 마법이나 자기 최면 같은 힘을 지니죠. 예약 가능할까요?"

사무엘이 물었다.

"그런 이유라면, 가능합니다."

윤기의 허락이 떨어졌다.

[세브첸코─한 달 후 런치 스페셜 예약]

스페셜한 미식가 또 한 사람의 이름이 예약 파일에 기록되었다. 아쉽게도 숙박은 없었다.

스케줄이 꽉 찬 그가 일본으로 가는 길에 시간을 낸 것이다. 대신 미식하우스 '전세'를 요청해 왔다. 누구의 방해도 받지 않겠다는 뜻이었다.

사무엘이 돌아가자 순지가 다가왔다.

"셰프님."

그녀가 창밖을 가리켰다. 거기 화요가 있었다.

"화요 씨."

윤기가 그녀를 맞이했다.

"언제 왔어요?"

"조금 전에요. 실은 순지 씨에게 부탁을 해 놨었거든요. 손님 가시면 연락 좀 달라고요."

"가까운 데 있었군요? 들어와서 기다리지 않고요?"

"셰프님께 방해가 될까 봐서요."

"……"

"죄송해요. 오늘 피곤하실 텐데… 하지만 꼭 보여 드리고 싶은 게 있어서요."

"뭐죠?"

"첫 시식 제품요."

"음료면 아까 마시지 않았었나요?"

"음료가 아니라 스테이크요, LGY 스테이크."

"그거 시제품도 나왔어요?"

"샘플요. 보여 드리고 싶은 마음에 가지고 왔었는데 아까는 차마 꺼내 놓을 자리가 아니라서요."

화요가 스테이크 두 개를 꺼내 놓았다.

한우 스테이크는 110g. 리폼 호텔의 것보다 아주 작았다. 리폼의 오리지널 스테이크 때문이었다.

화요는 이 제품을 길라잡이로 구상하고 있었다. 달리 말하면 맛보기다. 맛보기 스테이크를 먹으면서 리폼의 오리지널을 먹고 싶게 만든다는 구상이다. 가격은 39,000원, 두 개의 가니튀르만 곁들인다.

또 하나는 동결함침법으로 만들었다. 이 타깃은 요양원이었다. 이제는 요양원이 동네 미장원보다도 많은 것 같은 세상.

많은 사람들이 주말과 휴일에 면회를 간다. 이때 사 가는 게 주로 죽이었다. 화요는 그 대체재를 꿈꾸고 있었다. 죽보다야 스테이크가 폼 난다.

윤기가 만든 동결함침법 스테이크는 거의 푸딩 느낌. 효도와 맛을 동시에 충족시킬 수 있는 아이템이었다. 이건 가니튀르 없이 29,000원. 역시 110g으로 연로한 환자들의 한 끼로 딱이었다.

"겉보기는 괜찮은데요?"

윤기의 판단이었다. 백화점용부터 시식 모드로 들어갔다. 숯불의 장점을 살린 시어링이 좋았다. 스테이크는 완성형이었다. 전자레인지나 오븐, 팬 등에 올려 한 번 더 구워 주면 끝이다.

오븐에서 3분을 데우고 꺼냈다. 화요는 이미 긴장 모드였다.

"……"

천천히 시식에 돌입했다. 반으로 가르자 핑크센터가 보였다. 윤기의 것처럼 화려하지는 않지만 흔적은 또렷했다. 그 사이로 흥건한 육즙이 흘러나왔다.

젤라틴이다. 안으로 들어간 컴파운드 소스가 굳었다가 다시 녹았다. 육향은 그럴듯했다. 윤기가 알려 준 스테이크 향 채집법을 제대로 썼다.

요양원 것도 좋았다. 입에 넣기 무섭게 포근하게 풀어진다. 이 또한 윤기가 제시한 샘플에 근접하고 있었다.

딱 한 번씩만 먹고 포크를 놓았다.

"어때요?"

화요 눈에 호기심이 가득하다.

"화요 씨는 몇 점으로 생각하고 왔어요?"

"50점요."

"그 정도는 되네요."

"정말요?"

"숯불 맛이 약해요. 내부에 주입된 컴파운드 소스의 풍미도 그렇고요. 조금 더 올리지 않으면 가성비 미달이에요."

"다행이네요."

"화요 씨."

"제가 50점이라고 말한 건 시작이 반이라는 말 때문이었어요. 첫 샘플이 나왔으니까 시작이고, 그러니 50점은 먹었다라는 뜻이었거든요?"

"그게 그런 의미였어요?"

"솔직히 말하면 셰프님이 쓰레기통에 처박을 것도 각오하고 왔어요."

"화요 씨."

"그러니 처박아 주세요."

"예?"

"스테이크에게는 미안하지만 그래야 우리 개발진들이 더 독하게 마음먹을 것 같아서요."

"……."

"음… 그럼 제가 할게요."

화요가 스테이크를 잡았다. 그대로 쓰레기통에 넣는다. 그런 다음에 그걸 찍어 댔다.

찰칵, 찰칵.

"개발진들이 그러는데 제대로 된 신상이 나오려면 소 수십 마리 분량은 쓰레기통으로 들어가야 한다고 하더라고요. 그러니 나쁘게 보지 말아 주세요."

"……."

"아, 그 뒷말도 있는데……."

"뭐죠?"

"그러고도 빛을 못 본 신상이 절반도 넘는다고……."

"그런데도 웃을 정신이 있어요?"

"셰프님."

"네?"

"만약에 말이에요, 이거 제가 하루아침에 개발하면 우리 할아버지나 아빠가 안 밀어 줘요. 그렇게 쉬운 일, 누군들 못 하겠어요?"

"……."

"그렇다고 일부러 실패하려는 건 아니에요."

"대단한데요?"

"할아버지나 아빠 말이 사람은 인생에 세 번의 기회가 온다고 해요. 그러니 부단한 각오로 시작해야죠."

"화요 씨에게는 몇 번째 기회인가요?"

"세번째요."

"……?"

"첫번째는 송 셰프님 요리 상품화하기, 두 번째도 송 셰프님 요리 상품화하기. 세 번째도 이하동문."

"화요 씨."

"저 올인이에요. 아까 녹화 보면서도 각오를 다졌어요. 셰프님 클래스가 올라갈수록 이 요리 상품화의 성공 가능성은 높아지는 거 아닌가요?"

"……."

"그럼 다음에 또 쳐들어올게요. 그때는 최소한 60점짜리 샘플을 가지고 올 거예요."

화요가 돌아섰다. 윤기가 뭐라 할 사이도 없었다. 차에 오른 그녀, 손을 흔들더니 바로 도로로 나갔다.

화요.

뜨거운 여자였다.

목표를 향해 닥치고 날아가는 여자.

윤기도 뜨거워졌다.

자신의 요리를 베끼는 일에도 저토록 뜨거운 사람들. 그렇기에 더 뜨거워져야 할 것 같았다.

[미국 최고 요리 프로그램 레이철 쇼가 특집극 1탄으로 선택한 셰프]

[글로벌 스타 셰프들의 저승사자로 불리는 레이철이 두 손 든 셰프]

호기심을 자극하는 타이틀과 함께 이상백의 기사가 인터넷을 장식했다.

요리는 아직 공개되지 않았다. 그건 레이철의 옵션이었다. 방송이 나가기 전까지, 현장 사진 한 장도 금지였다.

그러나 보도는 제한하지 않았다. 그렇기에 이상백, 노련한 필치로 녹화장의 분위기를 전한 것이다.

[세계적인 미식가들의 공인]
[역사 요리 전문가도 두 손을 들다]

요리 사진은 없지만 상관없었다. 전문가들은 타이틀이 있고 권위가 있었다. 무엇보다 레이첼 쇼가 한국에, 그것도 그렇게 엄청난 전문가 군단을 이끌고 들어왔다는 것 자체가 이슈였다.

"셰프님."

아침 보고차 들른 장태산이 윤기를 바라보았다. 보고는 형식을 갖추지 않았다.

윤기도 장태산도 형식과 격식에 얽매이는 걸 원치 않기 때문이었다. 그렇다고 모든 일에 그런 것은 아니었다. 손님들에게는, 작은 형식까지도 철저하게 지켰다.

"인터넷에 메인으로 나왔으니 오늘 또 홈페이지 터지겠어요."

장태산의 손에는 텀블러가 들려 있었다. 그의 스타일은 윤기 이상으로 자유로웠다.

"서버 좀 확장해야 하지 않을까요?"

"조치 중입니다."

"잘하셨어요."

"그리고… 미식하우스 말입니다. 예약 여유가 되는 날, 이그제큐티브나 스위트룸 고객을 대상으로 업그레이드 테이블을 운영하면 어떨까요?"

"비행기처럼요?"

"네, 실적에 따라 미식하우스에 초대를 하면 반응이 좋을 것 같습니다."

"좋은 생각이네요."

"죄송하지만 성과급 의견도 있습니다."

"성과급?"

"직전 경영 자료를 찾아봤더니 성과급을 지급한 적이 거의 없더군요. 어쩌다가 유공자 중심으로 몇 명 정도 소액을 지급한 것뿐."

"계속해 보세요."

"이달 경영 지표가 굉장히 좋습니다. 게다가 향후의 예약 상황도 맑음이고… 하지만 전체 직원들의 근무 강도는 전보다 세졌습니다. 셰프님께서 자부와 긍지를 가지고 임하니 따라가고는 있는데 그걸 자발적인 애사심으로 승화시키려면 약간의 당근이 필요합니다."

"생각대로 하세요."

"네?"

"부사장님이 말씀하실 때는 이미 계산이 끝났겠지요. 없는 돈 빌려다 주겠다고 해도 못 막을 판에 경영 성과가 좋아서 결실을 나누겠다는데야 누가 말리겠어요."

"하지만 투자 자금 변제를 해야 하니 어떻게 생각하실지 몰라서……."

"지급하세요. 제가 오너 셰프지만 이제 혼자서 일할 수 없는 규모입니다. 손님들은 요리의 맛뿐만이 아니라 직원들의 미소까지도 원하니 좋은 생각이십니다."

"고맙습니다. 그럼 이익금의 10%를 떼서 성과급으로 쏘겠습니다."

장태산은 바로 실행에 들어갔다. 간부들을 불러 윤기의 방침을 전달한 것이다.

"와아아."

여기저기서 환호성이 울려 퍼졌다.

"셰프님."

"고맙습니다."

"열심히 하겠습니다."

주희와 서빙 팀이 몰려오고 주방 직원들이 몰려왔다.

"너무 감동이에요. 성과급이라고 하면 예전에 연말 보너스로 20만 원 받은 게 전부였는데……."

뒷줄에 선 객실부서 하우스키퍼의 소감이었다.

"아니, 나 같은 늙은이도 성과급인가? 재취업시켜 준 보답으로 내가 도리어 월급 일부를 반납해야 할 것 같은데?"

황보준호도 뿌듯한 표정.

"우리 직원들은 원 팀이니까요."

윤기의 답이었다. 조금 남는다고 펑펑 퍼 돌릴 생각은 없었다. 그러나 직원에 대한 대우는 요리 재료에 대한 투자와 같았으니 아깝지 않았다.

"자자, 여러분 할 말 끝났으면 자리로 돌아가 주세요. 셰프님은 VIP 고객 맞을 준비를 하셔야 합니다."

구 총주방장이 상황을 정리했다.

"큰 결심 하셨네?"

구 총주방장이 웃었다.

"총주방장님이 도와주신 덕분입니다."

"나야 여기 와서 폼 잡는 것밖에 한 일이 없는데?"

"그런 분이 어제도 LGY 스테이크를 260개나 구우셨습니까?"

"숯불이야 산에서 늘 다루던 거고······."

"아무튼 고맙습니다."

"미식하우스 오더도 점점 늘어나던데?"

"그러게요."

"주방 직원 한 명 더 붙여야 하는 거 아니야?"

"아직은 버틸 만합니다."

"하긴 젊을 때는 열정이 모든 것을 커버하니까. 나처럼 늙으면 열정도 필요 없어. 자고 나면 어깨부터 손목까지 다 지근거리거든? 오십견에 손목터널에······."

"그럼 우리도 휴게실에 안마 의자 몇 대 들여 놓을까요?"

"안마 의자? 찜질방에 있는 거?"

에르베가 단어를 알아들었다.

"나는 대찬성. 그거 효과 좋던데?"

에르베는 쌍수를 들고 환영했다.

"저 친구, 이제 한국 사람 다 되었다니까? 며칠 전에는 뒷골목에 가서 수구레하고 홍어찜도 먹고 왔대."

구 총주방장이 웃었다.

"그래서 제가 여권 압수했잖아요? 에르베 셰프님은 전생에 한국인이었을 것 같아요."

마무리를 하고 퀵보드에 발을 올렸다. 특별한 점심 예약이 두 건이나 있었다.

[특별한]

윤기는 이 단어를 좋아했다. 가급적이면 모든 손님들에게 붙여 주었다.

미식하우스든 리폼 호텔이든 가리지 않았다. 누구든 다 소중한 손님이기 때문이었다.

하나는 배기성 원장이었다. 고위직을 모시게 되었다며 부탁을 해 왔다. 나머지 하나는 어젯밤에 걸려 온 전화였다. 발신처는 중국이었다.

—판신위입니다. 기억하세요?

단문창 셰프가 각별하게 대하던 모자 손님.

격조 높은 테이블 매너의 그녀를 어떻게 잊을까?

"아드님 즈한도 잘 있죠?"

아들 이름까지 불러 주었다.

—어머, 우리 아이 이름을 다 기억하세요?

판신위가 감동을 먹었다. 어머니의 특징이다. 아들과 딸의 이름을 기억했다가 불러 주면 굉장히 좋아한다. 이 확률은 그냥 100%였다.

"제 요리를 드셨지 않습니까?"

—그래도 감동이네요. 셰프님이 요리만 잘하는 게 아니셨군요?

"셰프의 기본일 뿐입니다. 그런데 어쩐 일로?"

─실은 내일 런치 예약을 해 두었어요. 셰프님의 미식하우스에.

"아, 그럼……?"

윤기 머리에 불이 들어왔다. 다섯 명의 중국인 예약. 이름이 달라서 몰랐는데 그게 판신위였던 모양이었다.

─예약자는 후단단으로 되어 있을 거예요. 제가 모시고 가는 사모님 이름이에요.

"네……."

─미리 연락을 드린 건…….

요리 요청이었다. 판신위는 꿩기름구이를 원했다. 거위알 튀김은 물론이었다.

그녀는 홈페이지에서 요리를 찾지 못했다. 아직 정식 메뉴로 올린 게 아니기 때문이었다. 그걸 체크하기 위해 전화한 그녀였다.

─같이 가는 분은 식성이 좋으세요. 그것 외에 다른 요리를 원하시는데 혹시 되려는지…….

"뭘까요?"

─제가 역사 속의 모든 요리를 하는 분이라고 했더니 '히틀러'의 오리지널 닭요리가 되냐고 하시네요. 그래서…….

"……"

─그런 건 좀 어렵겠죠?

"아닙니다. 어렵지 않습니다."

─정말요? 와아…….

판신위의 목소리가 아이처럼 튀었다.

―저 그렇게 전해요?

"네."

―와아.

판신위의 감탄이 멈추지 않는다. 단문창은 이 여자가 굉장하다고 했다.

그런데 판신위가 모시고 온다는 여자가 더 대단한 것 같았다. 판신위의 태도가 그걸 말해 주고 있었다.

전화는 그렇게 끊겼다.

"셰프님."

테이블 바닥 청소를 하던 순지가 윤기를 맞았다.

위잉휘잉.

진공청소기 소리가 박력에 넘쳤다.

"새 거라 그런지 파워가 굉장해요. 보세요. 손님이 놓고 간 골프공인데 사정없이 빨아들여요."

순지가 웃었다.

"오셨어요?"

주방에 있던 창혁이 나왔다.

"영계 도착했어?"

"네."

"통째로 왔지?"

"그럼요. 머리에서 다리까지 다 붙어 있어요."

"그럼 초콜릿 좀 많이 준비해 줘. 첨가물이 들어가지 않은 100%짜리 최고급으로."

"디저트에 쓰시게요?"

"아니, 두 번째 테이블의 메인에 쓸 거야."

"메인요?"

창혁이 돌아보았다. 초콜릿을? 많이? 게다가 메인 닭요리에?

제7장

―

초콜릿을 품은 영계

"원장님."

윤기가 배 원장을 맞이했다. 그는 한 부부와 동행이었다.

"여기가 바로 송 셰프님의 미식 왕국이군요?"

"왕국을 꿈꾸는 곳이죠."

"이 회장님 선친께서 계실 때 두 번 왔었어요. 주인이 바뀌니까 느낌이 또 다르네요."

"들어가시죠."

윤기가 안쪽을 가리켰다.

"이분은 제 환자였어요. 송 셰프님 스테이크가 회복에 큰 도움이 되었다고 제게 한턱 낸다 하시니 염치없이 따라왔습니다."

배 원장이 남자를 가리켰다.

"유명하신 셰프님을 직접 뵙게 되어 영광입니다."

남자가 인사를 해 왔다. 매너가 좋았다.

"별말씀을……."

"배 원장님 대접은 핑계고, 실은 우리 아내가 더 닦달을 해서요. 더 미루면 볶여 죽을 것 같아서 원장님을 팔았습니다."

"이이는……."

옆의 아내가 얼굴을 붉힌다. 수려한 외모에 품격 높은 매너. 평범한 부부는 아니었다.

"어떤 요리를 올릴까요?"

"셰프님이 물으시잖아?"

남자가 아내에게 권한을 넘겼다.

"잠깐만요. 먹고 싶은 게 너무 많아서……."

아내는 메뉴를 살피느라 바빴다.

"셰프님 바쁘세요."

"그럼 LGY 스테이크랑 쿨리비악 주세요. 토마토 밀푀유에 3종 나무칩도 먹고 싶어요."

"그걸 다 먹게?"

"이이가 자꾸……."

아내가 볼멘소리를 냈다.

오더는 아내의 주문대로 결정이 되었다.

그사이에 판신위가 도착을 했다.

"셰프님."

그녀가 먼저 반색을 했다. 일행은 아이 둘을 데리고 있었는데 둘 다 어렸다.

"일찍 오셨네요?"

윤기가 자리로 모셨다. 배 원장의 테이블과는 대각선 쪽으로 거리를 두었다.

"비행기에서 내리니 딱히 할 일도 없고 해서요. 게다가 우리 사모님은 일정이 있으시기도 하시고요."

"잘하셨습니다."

윤기는 중국어 모드가 되었다.

"판신위 말이 셰프의 요리를 먹은 후로 그 맛이 뇌리를 떠나지 않는다고요? 기대가 커요."

사모님(?)의 인사는 짧았다. 그래도 무게감만은 제대로였다.

"그럼 조금만 기다려 주십시오."

예의를 갖추고 물러났다.

[히틀러의 오리지널 닭요리]

[거위알 튀김]

[기름을 뿌려 구워 낸 꿩요리]

[다 빈치 세트]

[로얄 쿨리비악]

[랍스타 카르파치오 단품]

판신위 쪽의 오더였다. 와인은 시키지 않으니 분자요리 토마토 주스를 내고 세 아이들에게는 미라클프루트와 김네마차, 아티초크를 주어 미각의 신비에 더해 입맛을 돋우도록 하였다.

"와아, 마술이다."

"우와, 신기해."

맛의 변화에 놀란 아이들의 환호를 들으며 주방으로 향했다.

주방에 맛의 향연이 펼쳐지기 시작했다. 윤기의 손이 파노라마처럼 움직인다. 첫 주자는 나무칩 튀김 3종 세트. 양쪽 테이블에 내주고 본격 요리에 들어갔다.

물, 불, 시간.

요리의 3요소다.

여기에 정성을 붙이면 4요소가 된다. 배 원장의 요리가 먼저 나왔다. 스테이크와 쿨리비악, 토마토 밀푀유. 접시에 담으면 간단해 보여도 손길이 많이 갔다. 셰프의 보람은 플레이팅에서 완성된다. 스테이크 위에 놓는 허브 한 잎의 화룡점정을 끝으로 요리를 내주었다.

"이야, 원장님이 왜 그렇게 극찬을 하시는지 알겠네요."

배 원장을 따라온 부부의 입이 벌어졌다.

"미슐랭 쓰리 스타도 많이 가 봤지만 이 격조는 뭐랄까, 논외의 클래스 같아요."

아내는 먹기 전부터 만족이었다. 시각, 청각, 후각을 통한 판단이었다.

"그런데……."

남편이 판신위의 테이블을 바라보았다.

"왜요?"

"저기 아이 둘 데리고 앉은 여자, 어디서 본 것 같단 말이지."

"좀 사는 집 여자들 같은데요?"

"연회에서 봤던가?"

"얼굴 보니 흔한 미녀잖아요? 오후에 주요 인물이 방한한다면서 어서 들기나 하시죠?"

아내의 마음은 요리에 있었다.

"와아."

쿨리비악을 가르더니 소녀처럼 몸서리를 친다. 남편은 고개를 갸웃하고는 스테이크를 잘랐다.

"······!"

반대편 여자에 대한 호기심은 이내 날아가 버렸다. 스테이크 안에 핀 핑크센터 때문이었다. 거기서 밀려 나온 풍미는 허튼 관심을 날려 버리고도 남았다.

"병원에서 먹을 때 세상에 이런 진미가 다 있구나 싶었는데 직접 와서 먹으니 더 기막히네요."

남편도 요리에 집중하기 시작했다.

주방의 향연은 여전히 진행형이었다. 세 겹으로 만든 흰자위 사이사이에 꿩고기가 들어갔다. 곱게 다진 다짐육도 있고 캐비어처럼 동그랗게 굴려 낸 것도 있었다. 마무리는 역시 메추리알. 식용 금박을 감아 곱게 자리를 잡았다.

"······?"

랍스타 카르파치오를 돕던 창혁의 눈이 출렁 흔들렸다. 윤기의 조리대. 아까부터 집중하고 있었건만 초콜릿이 사라졌다. 그옆에 있던 영계 다섯 마리도 자취를 감췄다. 그사이에 오븐에 들어간 것이다.

'뭐지?'

창혁의 고개가 갸웃 기울었다.

초콜릿은 많았다. 볼륨으로 치면 1리터에 가까웠다. 그게 몽 땅 사라져 버렸다.

"올리브유 좀 준비해 줘."

쿨리비악을 마무리한 윤기가 말했다.

"네, 네?"

"올리브유."

윤기가 강조했다. 창혁의 정신 줄은 그제야 제자리로 돌아왔 다. 하지만 초콜릿, 그것에 대한 의문은 여전히 머릿속에 뱅뱅거 렸다.

균일하게 펼쳐진 꿩 두 마리가 기름 솥 위에 놓였다.

치이잇.

끓는 기름이 뿌려지기 시작했다. 껍질이 먼저 몸살을 앓는다. 동시에 꿩의 진미가 피어오른다. 윤기 손에는 물뿌리개처럼 균일 한 구멍이 뚫린 국자가 들렸다. 이 요리를 위해 준비한 도구였으 니 과정이 한결 편해졌다.

올리브유는 균등하게 가해졌다. 얇은 곳과 두툼한 곳의 차이 를 놓치지 않았다. 다섯 번, 열 번. 기름이 가해지는 숫자에 비례 해 오리고기가 황금빛으로 변해 갔다.

꿀꺽.

지켜보던 순지가 군침을 넘겼다. 정말이지 참을 수 없는 황금 비주얼로의 변신이었다.

마무리에 버터를 썼다. 기름을 쪽 뺀 후에 꿀로 녹인 버터를 붓으로 발랐다. 그 상태로 오븐에 넣었다. 맛과 풍미의 코팅이었 다.

"순지 씨."

윤기가 순지를 불렀다. 그녀가 카트를 대령해 주었다. 요리가 탑승을 시작했다. 극적인 순간을 위해 덮개를 씌웠다.

"초콜릿?"

윤기는 창혁의 마음을 읽었다.

"네."

"미안하지만 오늘은 시식용 없다."

"네?"

"이게 난이도가 좀 높은 음식이라서 아무나 시식하기 어렵거든."

"……?"

"궁금하면 슬쩍 따라와서 보든가?"

윤기가 꿩구이의 덮개를 덮었다.

"요리 나왔습니다."

판신위에게 인사를 갖추고 세팅을 시작했다.

"덮개 열겠습니다."

순지의 서툰 중국어가 뒤를 이었다.

"와아아."

덮개가 열리자 즈한이 일어섰다. 다른 두 아이는 자동 기립이었다.

"엄마, 굉장히 맛있어 보여요."

두 아이가 참새처럼 재잘거렸다.

"이게… 히틀러의 영계요리인가요?"

사모님이 물었다. 그 앞에는 가장 큰 영계, 아이들에게는 조금 작은 영계, 마지막 하나는 판신위 모자 앞이었다.

"그렇습니다."

"흐음, 내가 좋아하는 냄새가 등천을 하네요."

맛난 요리 앞. 황녀도 무장 해제가 되게 되어 있다. 그렇기에 이 사모님의 긴장도 솜사탕처럼 녹아내리고 있었다.

"어머나."

결국 감탄사가 나왔다. 봉인이 해제된 영계의 배 속. 거기 그득한 건 초콜릿이었다. 그 많은 초콜릿을 때려 넣고 구워 버린 것이다.

"초콜릿요?"

판신위의 눈이 휘둥그레졌다.

"잠깐만."

사모님의 손이 빠르게 움직였다. 목젖과 침 때문이었다. 쉴 새 없이 반응하니 그걸 감추기 위해서라도 먹어야 했다.

야들한 살점을 떼어 초콜릿 소스(?)에 찍는다. 그러더니 바로 입으로 직행했다.

"와아, 후우……."

너무 뜨거웠다. 입김을 뿜으며 입안의 온도를 조절. 그러나 위장의 재촉을 이기지 못하고 뜨거운 채로 삼켜 버렸다.

"사모님… 천천히……."

판신위가 우려의 눈빛을 보냈다.

"너무 맛있다. 온몸이 짜릿하고 뇌수가 떵한 느낌이야."

사모님의 소감이었다.

"아아, 히틀러 그 인간, 맛 좀 아는 사람이네? 어떻게 이런 요리를 먹을 생각을 했을까?"

몸서리가 이어진다.

"셰프님? 제가 알기로 히틀러는……."

판신위가 윤기를 바라보았다. 이해가 충돌하는 눈치였다.

"채식주의자였죠?"

"네."

"히틀러가 채식주의자인지 육식주의자인지는 히틀러만 알겠죠. 하지만 두 가지는 확실합니다. 하나는 단맛 마니아였다는 사실. 오죽하면 이빨이 다 녹았고, 그걸 치료하던 치과 주치의를 세상에서 가장 기피했을 정도니까요."

"치과는 아프잖아요?"

즈한이 끼어들었다.

"그것보다 단걸 못 먹게 했거든."

즈한의 대화에 답하고 말을 이어나가는 윤기.

"또 하나가 바로 초콜릿을 채운 영계 요리였습니다. 알려진 바에 의하면 하루 1㎏ 이상의 초콜릿을 먹었다고 하는데 그것 외에도 육류의 간과 피스타치오, 과자 등의 간식을 즐겼습니다."

"셰프, 여기서도 피스타치오 맛이 나요?"

사모님이 윤기를 바라보았다.

"맞습니다. 닭 간에 녹인 초콜릿을 거친 피스타치오 입자와 섞었습니다. 씹는 즐거움을 위해서요."

"이거 한 마리만 먹을 수 있나요?"

"아닙니다. 여유분이 많으니 말씀만 하세요."

"그럼 일단 한 마리 더 준비해 주세요."

바로 추가 주문이 나온다. 독특하게 단맛 체취가 강력한 사모님. 히틀러의 초콜릿 영계와 제대로 찰떡궁합이었다.

"얘들아, 너희도 먹어 봐. 너무 맛있어."

말은 하지만 사모님은 자기부터 챙긴다. 윤기의 요리에 제대로 홀린 모습이었다.

물론 아이들에게도 대히트였다. 단것을 좋아하는 아이들이다. 입에 초콜릿 떡칠을 하며 먹기 시작했다.

"그럼……."

예의를 갖춘 윤기, 배 원장 테이블로 향했다.

"요리가 마음에 드십니까?"

"아, 셰프님."

남자가 윤기를 바라보았다.

"환자식 LGY 스테이크는 드셔 보셨다고요?"

"그거 먹는 순간 온몸에 충전의 기운이 느껴지더군요. 원장님에게는 미안하지만 수술보다 더 큰 효과 같았습니다."

"오늘 스테이크는 풍미가 조금 더 진할 겁니다."

"모르겠어요. 그저 맛있다는 것밖에는……."

"쿨리비악… 이거 정말 예술이네요. 나무칩은 자연을 먹는 맛이고요."

아내도 거들고 나섰다.

"마음 같아서는 여기 있는 요리를 다 먹어 보고 싶은데 배가 원수로군요. 더 시키고 싶은데 벌써 배가 불러요."

"다음에 또 오세요. 새 메뉴들도 준비 중입니다."

"그러고 싶지만 예약이 힘들어서요. 이 사람이 시도해 봤는데 4달은 기다려야 한다고 해요."

"특별한 일이 있으시면 연락하세요. 한가한 시간에 한 테이블 정도는 언제든 가능합니다."

"어머, 그거 약속하신 거예요?"

아내가 확인에 들어갈 때였다. 판신위의 테이블 쪽에서 돌연 비명이 터져 나왔다.

"악."

사모님의 어린아이였다. 가슴을 두드리며 괴로워한다. 사모님이 물을 먹이지만 소용이 없었다. 아이는 몇 초 만에 파랗게 질려 가고 있었다.

"무슨 일이죠?"

윤기가 물었다.

"우리 샤오펑이 체했나 봐요."

사모님은 안절부절이었다.

"체했다고요?"

"황금메추리알을 삼켰어요."

앞의 즈한이 말했다. 거위알 튀김 속에 든 것이다. 아이들은 본래 경쟁심리가 있다. 형들보다 빨리 먹으려고 씹지도 않고 삼키는 바람에 문제가 된 것 같았다.

"잠깐만요."

배 원장이 다가왔다.

"유명하신 의사 선생님입니다."

윤기가 배 원장을 소개했다. 그러자 사모님이 아이를 건네주었다.

"······!"

아이를 보기 무섭게 배 원장의 안색이 변했다.

"체한 게 아니야. 얼굴에 숨소리를 보니 기도가 폐쇄된 거 같은데?"

"뭐라고 하세요?"

사모님이 윤기에게 물었다.

"기도 폐쇄 같다시네요."

"혹시 모르니 셰프께서는 119를 불러주세요."

배 원장이 응급처치에 들어갔다. 뒤에서 아이 복부를 압박하며 기도의 압력을 높였다. 메추리알은 나오지 않았다. 자세를 바꿔 손바닥으로 어깨뼈 사이를 치고 뒤쪽 복부에 여러 차례 충격을 가했다. 그래도 소용없었다. 다시 한번 반복에 들어간다. 배 원장과 사모님, 판신위까지 간절하지만 야속한 메추리알은 빠져나오지 않았다. 아이는 결국 숨을 멈추고 말았다.

"지독하게 걸린 모양이야. 이대로면 위험하겠는데?"

배 원장이 한숨을 쉬었다.

명의로 소문난 배 원장. 그러나 수술실 밖이었으니 그조차 손을 쓸 수가 없었다.

"창혁아, 신고했어?"

"네."

창혁이 대답했다. 하지만 119 사이렌 소리는 들리지 않았다.

"원장님."

"난감하군. 119가 와도 병원까지 가야 하고··· 그러면 골든타임이··· 아무래도 어렵겠어."

배원장의 고개가 떨어졌다.

"샤오평, 샤오평, 안 돼. 숨 쉬어, 숨 쉬란 말이야."

사모님의 절규가 이어진다.

"잠깐만요."

윤기가 주방으로 뛰었다. 서두르느라 진공청소기에 걸렸다. 그냥 내버려 두고 닭털을 잡았다. 영계의 살에 묻어 온 것이었다. 그걸 씻고 물기를 털어 냈다.

닭털.

역아의 비책이었다. 토하는 걸 돕는다. 닭 깃으로 목젖을 자극하면 토한다. 그 힘으로 기도를 열어 볼 생각이었다. 확신은 없었다. 아이가 늘어졌기 때문이었다. 그때 문득 다른 대안이 눈에 들어왔다.

될까?

잠시 번민이 들지만 오래 생각할 시간이 없었다.

"아이를 잠깐만 맡겨 주세요."

윤기가 사모님에게 말했다.

"어쩌려고요?"

"마지막 방법을 써 보려고 합니다."

"셰프님이요? 여기 한국의 유명 의사도 못 하는 일을요?"

"사모님."

판신위가 도움말을 주었다. 단문창에게 들은 쉐 회장댁의 일이었다. 사모님이 주저하는 사이에 윤기가 아이를 안아 들었다. 주방으로 들어와 주방 의자에 아이를 놓았다.

"셰프님."

창혁과 순지가 경악하지만 윤기는 망설임이 없었다.

'제발.'

간절한 바람과 함께 윤기표 응급조치(?)가 작동을 했다.

위이잉.

진동 소리가 울려 퍼진다.

"판신위, 나 어떡해?"

사모님은 거의 실신 상태였다. 판신위 품에서 하얗게 질려 가고 있었다. 바로 그때, 윤기의 주방에서 절망을 밀어내는 소리가 들려왔다.

"우와아앙!"

너무나 반가운 소리, 바로 샤오펑의 울음소리였다.

"아아앙."

샤오펑의 울음이 미식하우스를 흔들었다. 아이의 울음이 반가울 리 없는 고급 레스토랑. 그러나 이 울음만은 세상에서 가장 반가운 소리에 속했다.

"샤오펑."

사모님이 아이를 받아 들었다.

"우아앙."

"그래, 그래. 엄마야, 엄마… 괜찮아, 괜찮아."

그가 아이를 달랠 때 119 구급대가 도착을 했다. 구급 간호사와 대원이 안으로 들어왔다.

"삼킨 게 날카롭지 않았고 마침 뱉었으니 그냥 가서도 되겠습니다."

배 원장이 구급대원들에게 설명을 했다. 구급대원들이 망설이자 배 원장이 신분을 밝혔다. 그제야 구급대원들이 돌아섰다. 대한민국 최고에 속하는 병원의 원장이기 때문이었다.

위기일발.

다행히 아이는 바로 회복이 되었다. 물을 마시고 안정을 되찾더니 즈한과 형을 보고 배시시 웃었다.

"셰프님."

사모님이 윤기에게 고개를 숙였다.

"뭐라고 감사를 드려야 할지."

"아닙니다. 제가 좀 더 신경을 써 드려야 했을 것을……."

"그런 말 마세요. 생선 가시도 아니고 맛있게 먹다 일어난 일을 셰프께서 무슨 책임이겠어요? 제가 맛에 취해 아이에게 소홀한 게 잘못입니다."

사모님은 품격이 있었다.

"아무튼 다행이네요."

"보답하는 의미로 요리 비용의 열 배를 내겠어요. 여긴 자유지불제라죠?"

"아이 때문이라면 그러지 않으셔도 됩니다."

"아이 때문이기도 해요. 제 아이들은 돈으로 따질 수 없으니까요. 하지만 요리도 기가 막혔어요. 그러니 손님의 권리를 행사하게 해 주세요."

"권리라고요?"

"자유지불제잖아요. 저는 꼭 열 배를 내야겠어요."

"정 그러시면 감사히 받겠습니다."

윤기는 사모님의 뜻을 접수했다.

소동 때문에 요리 추가는 나오지 않았다. 새로 만든 히틀러 영계는 고이 포장해 들려 주었다.

"셰프님, 고마웠어요."

"고맙습니다."

판신위와 즈한도 인사와 함께 멀어졌다.

"송 셰프님, 어떻게 된 겁니까?"

중국 귀빈들이 나가자 배 원장이 물었다.

"응급처치 말입니까?"

"예, 셰프께서 체기나 딸꾹질 처치에 능하다는 말은 기사에서 읽었습니다만 기도 폐쇄까지는……."

"처음에는 이걸 쓸 생각이었어요."

윤기가 닭 털을 들어 보였다.

"닭 털?"

"원장님께서는 웃으시겠지만 목젖을 간질이면 토하게 되거든 요. 그 압력과 자극으로 기도를 막은 메추리알을 꺼낼 수도 있 으니까요."

"가능성은 있는 얘기입니다만……."

"하지만 아이가 늘어졌으니 확신이 서지 않더군요. 그때 조금 더 확실한 방법이 떠올랐어요."

"그게 뭐였죠?"

"바로 이겁니다."

윤기가 강력 진공청소기의 흡입구를 들어 보였다.

"진공청소기?"

위잉.

바로 시범을 보여 주었다. 골프공을 던져 놓고 빨아 당긴 것. 골프공은 꼼짝없이 빨려 들어가고 말았다.

"셰프님."

"흡입장치를 제거하고 실험을 해 보았습니다. 계란을 물고 제 입에 들이대니 계란이 빨려 나오더라고요. 하지만 진공청소기. 사모님이 보면 허락하지 않을 것 같아 아이를 데려다 실행했습니다. 운이 좋았죠?"

"맙소사, 그건 운이 아닙니다. 이 상황에서는 최고의 이론이에요."

"사람을 살려야 한다는 생각에 얼떨결에 시도해 본 건데… 결과가 좋아서 다행입니다."

"허어, 이것 참, 의사 체면이 말이 아니네요."

배 원장이 웃었다.

"그런데 아까 그 중국 사람들……."

기준 가격의 2배를 결제한 남자가 아내를 향해 중얼거렸다.

"또 왜요?"

"진짜 어디선가 본 것 같다니까? 중국 대사관이었던 것 같기도 하고……."

"아이고, 차관보님, 오늘 중국외교부장과 회담이 있다더니 마음이 거기 가 계시네. 잘 먹었으니까 이제 그만 가셔서 공무 보세요."

아내가 남편의 등을 밀었다.

"후아아……."

테이블이 비자 순지와 창혁이 숨을 몰아쉬었다.

"많이들 놀랐지?"

윤기가 물었다.

"네, 진짜 십 년은 감수했어요."

순지가 가슴을 쓸어내렸다.

"나는 셰프님이 진공청소기 호스를 아이 입에 넣을 때요."

"뭐 하는 짓인가 싶었냐?"

"네."

"순지 덕분이야. 아까 골프공 얘기 안 했으면 까딱 손님 하나 잡을 뻔했다."

"훌륭한 요리사… 생각보다 어렵고 먼 길 같아요. 체하는 손님에 기도 폐쇄 되는 일에……"

"십년감수했으니 수명 보충 좀 해 볼까?"

"뭘로요?"

"이거."

윤기가 히틀러 영계요리를 내놓았다. 사모님의 분량에 맞춰 세 마리를 구웠다. 그 두 마리를 포장해 주고 남은 하나였다.

"……!"

배를 가르자 창혁와 순지의 인상이 자동으로 찡그려졌다. 안에서 흘러나온 초콜릿 홍수 때문이었다.

"난이도가 높아 권하지 않을까 싶었는데 남았잖아? 그러니 먹어 봐. 좋은 셰프가 되려면 마음에 안 드는 요리도 먹어 봐야 하는 거야."

윤기가 다리를 찢어 놓았다. 초콜릿이 흥건하게 묻어 있다. 영계에 초콜릿 소스. 어쩐지 콜라에 넣어 삶은 것처럼 내키지 않왔다. 하지만 윤기는 달랐다. 가슴살을 찢어 초콜릿을 바르더니 한입 푸짐하게 물었다. 창혁도 슬그머니 다리 하나를 잡았다.

좋은 셰프가 되려면…….

윤기의 말 때문이었다.

"어머, 나름 괜찮은데요? 일본에서 먹은 생딸기에 초콜릿 찍어 먹기, 그 느낌 같아요."

순지의 감상이었다.

"창혁이는?"

"그래도 제 입맛은 아니에요. 히틀러는 무슨 이런 요리를 즐겼대요?"

"나쁜 일에는 에너지가 더 많이 들잖아? 그래서 이런 고칼로리 요리를 좋아한 게 아닐까?"

윤기의 해석이었다.

오후가 되자 미식하우스의 에피소드가 호텔에 퍼졌다. 순지가 주희에게 보고한 모양이었다. 주희는 순지의 직속 상관이었다. 탓할 수 없는 일이었다.

—셰프님.

리폼 주방에서 디너 메뉴를 도울 때 주희 인터폰이 들어왔다.

"주희 씨, 왜요?"

—미식하우스에서 엄청난 사건이 있었다면서요?

"진공청소기 말이죠?"

—네.

"그거 주희 씨가 발주 낸 청소기 모델인가요?"

―순지 씨가 혼자 담당하다 보니 성능이 좋아야 할 것 같아서요.

"덕분에 아이를 구한 거예요."

―셰프님.

"그런 줄만 아세요. 그럼 나는 컴파운드 소스를 만들어야 해서……."

윤기가 인터폰을 끊었다.

"미안하지만 그거 우리도 알거든."

숯을 피우던 진규태가 돌아보았다.

"창혁이군요?"

"그럼 그런 미담을 숨길 생각이었어? 우리도 알아야 나중에 써먹지."

"……."

"아무튼 대단해. 요리면 요리 먹다가 일어난 사고의 응급처치면 처치… 송 셰프 전생은 한의사였나 봐."

"옛날에는 왕실 요리사가 식치(食治) 담당이었잖아요?"

"하긴 밥이 약이라는 말도 있으니……."

"요리의 세계는 끝이 없다니까요."

"그런데도 우리 은서는 요리사가 되겠다네."

"아빠 유전자로군요?"

"미안하지만 송 셰프 유전자야."

"네?"

"은서 엄마가 물었더니 그렇게 대답하더라고. 송 셰프님 같은 요리사가 될 거야, 하고."

"음, 섭섭했겠는데요?"

"전혀, 나는 오히려 좋았어."

"왜요? 아빠 같은 요리사가 되고 싶다고 해야 좋은 거 아닌가요?"

"기왕 요리사가 되려면 송 셰프 정도는 되어야지. 우리 은서가 사람 보는 눈이 있다니까."

"부장님도 참……."

그때 윤기 핸드폰이 울렸다. 받지 않았다. 주방에서는 사사로이 핸드폰을 쓰지 않는 게 원칙이었다. 핸드폰은 두 번을 울리다가 꺼졌다. 그러자 인터폰이 들어왔다.

―셰프님.

주희였다.

―외교부 차관보님이라는데 배 원장님이 알려 준 직통 번호로 걸어도 안 받으신다고… 통화 좀 안 되냐고 하세요. 어떻게 할까요?

"외교부 차관보?"

―아까 미식하우스에 들렀다면서……

"아, 그분, 알았어요."

인터폰을 끊고 핸드폰을 집었다.

"여보세요."

후원 쪽으로 나와 전화를 걸었다.

―아, 셰프님, 저 점심 때 본 배 원장님과 같이 갔던 이광섭입니다. 기억하시죠?

"예."

─죄송하지만 저 좀 살려 주셔야겠습니다.

"그게 무슨 말씀이신지……."

─실은 제가 간암으로 제거 수술을 받느라 3개월 휴직을 했거든요. 배 원장님과 셰프님 요리 덕분에 잘 회복하고 복귀했는데 그간 밀린 현안이 한둘이 아니어서요. 그 첫 번째 건이 중국쪽이라 외교부장의 방한을 이끌어 냈습니다. 얼마 후에 교황께서 방한하게 되어 그 일에 대한 협조와 이해도 받아야 하고요.

'교황?'

─하지만 중국은 심드렁한 편이죠. 자기들 개입 없이 한국과 북한이 진일보하는 걸 그닥 달가워하지 않거든요.

"외교부 일을 제가 어떻게?"

─그게 아주 기묘한 일이 생겼어요. 중국 외교부장이 돌연 저녁 만찬을 취소하고 내일 조찬이나 하자고 하기에 식겁을 하고 알아봤더니 그 아들에게 사고가 났었다지 뭡니까? 신기하게도 셰프님의 음식점에서요.

"……?"

─놀라셨죠? 저도 놀랐습니다. 아까 기도 폐쇄로 사경을 헤매던 아이 말입니다. 중국 외교부장의 막내더군요. 그 아내 후단단이 셰프님의 요리에 반해 먼저 조용히 입국했던 모양입니다.

"……?"

─이 양반이 내일 정오 비행기 편으로 돌아갈 예정이라 아침 조찬이라면 시간 형편상 현안에 대해 얘기하고 말 것도 없습니다. 그래서 저녁 만찬 회담이 필요한데 일이 이 지경이 되다 보니 두 판 작정하고 전화를 했습니다. 제가 그 자리에 있었는데

유감스럽게 생각한다고······.

"······."

―그게 어떻게 먹힌 모양입니다.

"······."

―그랬더니 못 이기는 척 대안을 주네요. 미식하우스의 송 셰프 요리의 위명이 자자하니 거기라면 다시 스케줄을 맞춰 주겠다. 자기도 쉐 회장과 판신위, 아내와 아이들이 단체로 반한 맛이 어떤지 궁금하다고······.

"······."

―셰프님, 여기 예약이 하늘에 별 따기라는 거 알고 있습니다. 그러니 한 번만 살려 주십시오.

"몇 분이나 오실 건데요?"

―장관님과 저, 실무자에 통역까지··· 최소한으로 꾸려도 네 명이 한 팀이니 쌍방을 합쳐 8명입니다.

8명.

많다면 많고 적다면 적은 인원이었다. 리폼의 규칙을 생각하면 거절하는 게 마땅했다. 하지만 외교는 중요하다. 교황의 방한과 관련된다니 더욱 그랬다.

"요리는요? 지명한 게 있습니까?"

―한국에서 중국요리를 몇 번 먹어 봤는데 마음에 드는 게 없었다더군요. 아마 그쪽으로 가지 않을까 싶은데 다행히 셰프께서 중국요리도 막강하다고 들었습니다.

"시간은 저녁 8시, 그러면 받아들이겠습니다."

―정말입니까?

"중국 측에 전해 주세요. 사모님과 판신위, 그리고 아이들, 원하면 같이 와도 된다고요. 공사는 구분해야 하니 테이블은 뚝 떨어진 데다 따로 만들어 드리죠."

—알겠습니다. 제가 타진한 후에 다시 연락드리겠습니다.

통화가 끝났다. 하지만 바로 다시 연결음이 들렸다.

—셰프님, OK 떨어졌습니다. 사모님 일행도 오겠답니다. 다만 공무상의 일이 우선이니 가족들은 30분 후에 도착한다고 전해 달랍니다.

"알겠습니다."

—저희 직원들을 7시까지 보내겠습니다. 아무래도 외교적인 만찬이다 보니 약간의 체크가 필요하거든요. 셰프님을 귀찮게 하지는 않겠습니다.

"이해합니다."

윤기가 답했다. 외교라는 건 알고 보면 번거로운 일이었다. 절차와 형식도 까다롭다. 역아와 안드레아를 통해 알고 있는 경험들. 그러나 호텔 홍보 측면에서는 나쁠 게 없었다. 기꺼이 수락을 했다.

—그리고… 요리는 우리보다 중국 외교부장 쪽에 맞춰 주세요.

"그러죠."

—고맙습니다, 정말 고맙습니다.

차관보는 거듭 감사를 전하고 전화를 끊었다.

"창혁아."

초자연세트에 들어갈 싱싱 관자를 손질하던 창혁을 불렀다.

"네, 셰프님."

"그거 마치는 대로 미식하우스에 가서 식재료 좀 미리 챙겨 놔야겠다."

"김혜주 님 예약 말이죠? 다 챙겨 놓고 왔는데요?"

"부득 추가 손님을 모시게 되었어."

"추가요?"

"응."

"알겠습니다. 말씀만 하세요."

"히틀러의 초콜릿."

"히틀러의 초콜릿요?"

"중국 사모님과 아이들이 VIP를 주렁주렁 달고 올 모양이야."

찡긋, 윤기가 창혁에게 날린 윙크였다.

제8장

—

요리의 힘

"송 셰프."

반가운 얼굴이 차에서 나왔다. 김혜주였다. 그 뒤로 일행 둘이 함께 내렸다.

"여기는 권 대표님, 박 대표님. 이번에 내가 찍는 영화에 거액의 투자를 해 주신 분들이야. 동생 만나러 간다니까 따라오신다고 사정하길래 모셨는데 괜찮지?"

"당연히 괜찮죠. 들어오세요."

윤기가 앞장을 섰다. 그들의 테이블 위치는 프라이빗 룸이었다.

"여기 마음에 드세요?"

윤기가 김혜주의 소감을 물었다.

"기막힌데? 특별한 사람들만 오는 곳 같아?"

"맞아요. 호주 최고의 레스토랑 데쓰야스를 벤치마킹했어요. 요리 연구도 하고 특별한 사람도 모시고……."

"흐음, 기분 좋은데?"

"요리는 뭘로 모실까요?"

윤기가 일행 두 사람을 바라보았다.

"여기 LGY 스테이크가 그렇게 유명하다면서요?"

한 사람이 김혜주에게 물었다.

"대표작이죠. 하지만 그것 말고도 먹을 게 너무 많아요. 그렇지, 송 셰프?"

"그럼요."

"최근 신작 뭐야?"

"올리브기름을 뿌려서 굽는 꿩구이가 좋아요. 세 가지 보물을 품은 거위알 튀김도 좋고요."

"그럼 그거하고 LGY 스테이크 세 개, 초자연 힐링 세트도 부탁해."

"알겠습니다."

"아, 그리고 우리 권 대표님은 블루 치즈 좋아하셔. 전에 파리에서 먹은 게 인상적이었다던데 거기 필적할 만한 거 있을까?"

"파리에서 드셨으면 로크포르였을까요?"

"그렇다고 들었습니다."

"같이 준비해 드리죠."

윤기가 오더를 받았다.

[블루 치즈]

블루치즈는 푸른곰팡이의 역작이다. 대리석 무늬처럼 보인다고 해서 블루치즈라고 한다. 세계적으로 6-7종류가 있는데 로크포르, 고르곤촐라, 스틸턴을 3대 명품으로 꼽는다.

고급 레스토랑에서는 화이트 트러플을 재운 꿀과 함께 먹는다. 저 손님도 그랬을 가능성이 높았다. 그렇게 먹으면 블루치즈의 진한 풍미가 최고조에 이른다.

오늘은 다른 길을 갔다. 그 레시피는 훌륭하지만 따라쟁이가 되고 싶지는 않았다.

"셰프님."

옆에서 보조하던 창혁의 눈이 휘둥그레졌다. 화이트 트러플에 재운 꿀을 밀어내고 된장을 집어 드는 윤기였다.

"왜?"

"된장⋯⋯."

차마 뒷말을 잇지 못한다. 된장은 명품 블루치즈와 어울리는 궁합이 아니었다.

"해 봤어?"

윤기가 넌지시 물었다.

"아뇨. 하지만⋯⋯."

"그럼 일단 해 봐."

"⋯⋯."

"해 보라니까."

윤기는 농담이 아니었다. 그걸 아는 창혁이 된장을 집었다.

"하나 가지고 되겠어?"

윤기가 턱짓을 보탰다. 주방에는 다양한 된장이 구비되어 있었다.

창혁은 다섯 가지 된장을 펼쳤다. 그런 다음 블루치즈에 찍어 하나하나 맛을 보았다.

'아, 진짜……'

처음 두 개는 인상이 저절로 찌푸려졌다. 비싼 블루치즈에게 할 짓이 아니었다. 하지만 네 번째 된장에서 정수리를 치는 느낌이 강하게 왔다. 윤기가 쓰려고 하는 그 된장이었다.

"감 잡았어?"

"맛이 확 사는데요?"

"그렇지?"

"맙소사, 된장하고 블루치즈요?"

"요리할 때 고소한 맛을 살리기 위해 고소한 맛을 더 강화하잖아? 치즈도 된장처럼 발효식품이야."

"같은 계열이라 시너지가 나는군요?"

"조건이 있었을 텐데?"

"단맛이 나는 된장요. 짠맛 된장들은 영 아니었어요."

"맞아. 블루치즈의 아미노산을 증폭시키는 된장의 아미노산, 그걸 또 한 번 견인하는 발효된 단맛……."

"와아."

창혁의 감탄을 뒤로하고 요리에 집중했다.

"이야… 이거, 이거 명품 치즈네?"

윤기의 시도는 대성공이었다. 대조를 위해 함께 내놓은 꿀과 블루치즈의 조합, 그보다도 호평을 받은 것이다.

"이게 파리에서 먹은 맛이긴 해요. 그런데 셰프의 블루치즈가 더 매력적이네요. 이건 대체 어떤 조합입니까?"

"단맛이 강한 된장과의 매칭입니다."

"된장?"

"예."

"맙소사, 된장도 고급 요리가 되는군요?"

"우리 송 셰프니까 가능한 거예요."

김혜주가 지원 사격에 가담했다.

"인정합니다. 우리 혜주 씨가 송 셰프, 송 셰프 하는 배경에는 다 믿을 구석이 있었군요?"

"다른 요리는 어떻습니까?"

"이건 뭐 천국의 정찬 같습니다. 스테이크는 소문대로 특급이고 펑구이는 환상이었습니다. 진짜 금덩이가 부서지는 줄 알았다니까요. 바삭바삭 씹으면 촉촉."

"펑고기도 좋지만 나는 거위알 튀김이 인상적이었어요. 그 안에 또 다른 알과 고기, 캐비어… 특히 마지막에 튀어나온 황금 메추리알… 완전 보물을 찾은 기분이었거든요."

두 일행이 번갈아 엄지를 세워 주었다.

"다른 메뉴가 많습니다. 나중에 또 들러 주시면 감사하겠습니다."

"자주 와야겠어요. 솔직히 한국에 제대로 된 음식점이 있어야 말이죠. 혹시나 하고 가면 역시나라서 주로 외국에서 몰아서 먹고 왔는데 이 정도라면 외국 나갈 필요가 없겠어요."

"당연하죠. 우리 송 셰프, 저 유명한 미국 레이철의 특집 방송에도 1타로 나올 거라니까요. 그거 꼭 챙겨 보세요."

김혜주의 지원 2탄이 펼쳐졌다.

그래도 문제는 있었다. 식사 후에 작은 실랑이가 펼쳐졌다. 이유는 계산 때문이었다.

"송 셰프."

김혜주가 인상을 긁었다.

"누나, 글쎄 오늘은 돈 안 받는다니까요."

"나는 그렇게 못 하겠거든?"

"이 호텔 누구 때문에 인수했는데요? 누나의 지원이 마중물이었어요. 그러니……."

"그러는 나는 누구 때문에 우리 어머니한테 떳떳한 줄 알아? 바로 송 셰프 때문이야."

"누나."

"게다가 수아 말이야, 자기가 좋은 일 해 놓고 나를 끌어들이는 바람에 선행 연예인으로 보도가 나가게 돼서 양심에도 찔리고."

"누나."

"아아, 잔소리 말고 받아. 원래 개업하면 동료 연예인들 쫙 끌고 가서 매상 올려 주고 인지도도 확 높여 주고 그러는 거야. 그런데 송 셰프 인지도가 너무 높아서 그것도 못 했잖아? 그런데 이것까지 막아? 자꾸 이러면 나 이제 동생 얼굴 안 본다."

"누나."

"딱 2배만 낼게. 그럼 됐어?"

"……."

"순지 씨? 계산해."

김혜주가 윤기 뒤의 순지에게 신용카드를 내밀었다. 윤기가 더 말리지 못하자 순지가 카드를 받았다.

"그런데, 저 사람들 뭐야?"

카드를 돌려받은 김혜주가 테이블을 바라보았다. 거기 외교부에서 나온 직원 두 명이 뭔가를 숙의하고 있었다.

"실은……."

김혜주 귀에 대고 천기누설을 해 주었다.

"중국 외교부장 만찬?"

"네."

"어머, 이러다 중국 주석도 송 셰프 테이블에 앉는 거 아니야?"

"기다려 보세요. 제가 깜짝 놀랄 만한 분들을 차례차례 앉혀 보일 테니까요."

"으음, 그럼 회원권 두세 배로 올려야겠네. 리폼 호텔 예약 전쟁에 더 불이 붙을 테니까."

김혜주는 덕담과 함께 미식하우스를 떠났다. 그러자 외교부 직원들이 다가왔다.

"셰프님."

여직원이 아이패드를 보며 협조를 구해 왔다. 테이블 위치 조정이었다. 같이 온 사람 중에 중국 외교부의 직원이 있었다. 그의 의견인 모양이었다. 어려울 것 없으므로 수용해 주었다. 다음으로 서빙 순서에 대한 의견이다. 외교수장들이 만나다 보니 요리 하나를 놓는 것도 신경을 써야 했다. 양측 외교부의 신경전인 셈이었다.

"셰프님."

잠시 후에 주희와 황보준호가 도착했다. 순지로도 충분하지만 중요한 자리라니 노련한 둘을 호출한 것이다.

"도착하신답니다."

통화를 하던 외교부 직원이 윤기를 돌아보았다.

오래지 않아 네 대의 차량이 도착했다. 차량 두 대는 중국 쪽이었고 나머지 두 대는 한국 직원들이었다. 외교장관에 이어 배원장과 함께 왔던 차관보도 내렸다.

안내는 주희가 맡았다. 메인 룸의 테이블에 앉혔다.

"셰프를 좀 볼 수 있을까요?"

중국 외교부장 장비우가 말했다. 주희 말을 전해 들은 윤기가 안으로 들어섰다.

"모시게 되어 영광입니다."

예의부터 갖추었다.

"당신이 송 셰프?"

외교부장 장비우가 일어섰다.

"그렇습니다만."

윤기의 대답은 중국어였다.

"중국말 발음이 굉장히 좋군요?"

"감사합니다."

"낮의 일은 정말 고맙습니다."

"아드님이 무사해서 다행입니다."

"듣자니 쉐쓰총 회장과 판신위의 칭찬이 자자하던데요?"

"감사합니다."

"기대하겠습니다."

인사와 함께 장비우가 착석을 했다.

"송 셰프님."

이번에는 차관보였다.

"예."

"장 부장님께서 동파육을 원하십니다. 가능할까요?"

"가능합니다."

"그런데… 셰프께서 역사적인 요리에 능통하다고 들었다면서 소동파식을 원하십니다. 그것도 될까요?"

"소동파식요?"

"예."

"그렇다면 불가능합니다."

윤기가 잘라 말했다.

"불가능하다고요?"

차관보의 표정근이 출렁 흔들렸다. 흔한 동파육이었다. 게다가 중국요리도 통달 수준이라는 윤기. 그런데 그걸 못 하다니?

"못 한다고요?"

통역의 말을 들은 장비우가 중국어로 물어 왔다.

"예."

윤기가 답했다.

"동파육 요리법은 배우지 않은 겁니까?"

"아닙니다. 눈 감고도 할 수 있습니다."

"그런데요?"

"오리지널 소동파의 동파육이라면 적어도 6시간이 걸립니다. 이 자리가 그렇게 길게 갈 것 같지 않으니 불가하다고 말씀드리는 겁니다."

짝짝.

장비우가 두 번의 박수를 쳤다. 흐뭇한 표정이다. 한국 외교부 장관과 일행은 영문을 몰라 뭐라 반응하지 못했다.

"당신은 진짜로군요. 지금까지 내가 만나 본 한국의 셰프들 중에서 그런 말을 한 사람은 없었습니다. 다들 한 시간도 걸리지 않아서 태연하게 요리를 들고 들어왔지요. 소동파식 동파육이라고."

"······"

"그렇다면 1시간 정도 걸리는 동파육으로 청해 볼까요?"

"그러시면 최선을 다해 소동파에 가깝도록 맞춰 보겠습니다."

윤기가 답하자 차관보 얼굴에 생기가 돌았다. 윤기가 안 된다고 하니 꽤나 긴장했던 모양이었다.

"약주로 반주 한잔 어떻습니까?"

차관보가 장비우의 의향을 물었다.

"동파육이라면 죽엽청주가 제격이긴 합니다만 공무에 약주가 되겠습니까?"

"밖에서 만났으니 공무만은 아니지 않습니까? 그런데 죽엽청주는 너무 저렴하지 않을까요?"

"구하기 나름이겠죠. 수많은 셰프 중에 여기 계신 셰프 같은 분이 있는 것처럼."

"······?"

차관보가 윤기를 돌아보았다.

"제가 맞춰 보겠습니다."

오더를 확인한 윤기가 주방으로 나왔다.

죽엽청주.

중국 술은 백주와 황주, 보건주로 나뉜다. 죽엽청주의 정체는 보건주였다. 달리 말하면 약술이다. 이것저것 들어가는 약재가 많았다.

검색을 하니 녹색병의 죽엽청주가 나왔다. 척 봐도 저렴했다. 김풍원에게 전화를 걸었다.

―중국 술 전문가에게 전화 때리라고 할 게요. 술은 거기다 물어보는 게 빨라요.

김풍원의 답이었다. 바로 전문가의 전화가 왔다.

―도자기 포장으로 나오던 행화촌 진품이 있기는 한데······.

"몇 병 부탁할 수 있을까요?"

―쉽지 않습니다. 이게 생산이 중단되어서요.

"그래요?"

―김 사장님 말이 닥치고 도와드리라던데 수배는 해 볼게요. 도매상 구석에 처박한 거나 수집가들이 모아 놓고 파는 경우가 있거든요.

"고맙습니다."

일단 초록병의 죽엽청주부터 확보하고 요리에 들어갔다.

첫 출발은 수프와 나무칩 튀김이었다. 기다리는 시간이 길기 때문이었다. 나무칩은 창혁에게 맡기고 수프를 만들었다.

위이잉.

원심분리기가 돌아갔다. 안에 든 건 햇빛에 말린 토마토를 끓인 것. 분리가 끝나자 아래 것을 취했다. 거기 홍차를 더해 한번 더 끓여 내니 진한 수프가 완성되었다. 시리도록 빨간 색감이다. 중국인들은 붉은색을 좋아하니 기분 좀 맞춰 주었다.

[홍차 & 말린 토마토 콩소메]
[3종 나무칩 튀김]
[윤기표 음료수]

먼저 서빙을 하고 동파육에 들어갔다.

동파육.

삼겹살을 수비드 수조에서 꺼냈다. 마리네이드는 된장에 닥나무 열매만 썼다. 닥나무 열매를 쓰면 육질이 부드럽고 향기롭게 변한다.

비계와 살코기의 비율은 55 대 45에 가까운 놈이었다. 이 정도는 되어야 고소한 풍미와 부드러운 육질을 만족시킨다. 다른 비법은 묵은 대나무 껍질. 가늘게 벗겨 고기를 사각으로 묶었다. 이 또한 육질을 부드럽게 만든다. 수비드 처리와 닥나무에 이어 3중 부드러움을 가하는 궁리였다.

고기는 정육면체 두부 한 모의 크기로 맞췄다.

그때 전화가 들어왔다.

─죽엽청주 말입니다. 네 병을 구했습니다. 지금 퀵으로 보냈으니 20분 후에 도착할 겁니다. 비용은 김 사장님께 청구하

겠습니다.

중국 술 전문가가 전해 온 희소식이었다.

윤기도 요리 마무리에 들어갔다. 준비된 소스에 삼겹살 덩어
리와 양파 등의 채소를 넣고 맛을 입혔다. 여기에 살짝 구워 다
진 비계가 들어갔다. 장비우의 미각 요격용이다. 풍후하고 고소
한 맛을 좋아하니 비계의 농도를 높였다. 원래는 송아지 콩팥
주위에서 걷어 낸 지방을 쓰려던 것. 그건 너무 고소해 선을 넘
을 우려가 있었다. 진공포장에 수비드를 거친 고기라 오래 걸리
지 않았다.

자작하게 졸여지니 빨갛게 변한 색깔이 마노 보석을 닮았다.

술이 도착했다. 초록 병과 달리 도자기병이다. 좀 오래 묵었
다. 향을 맡았다. 초록 병보다는 훨씬 나았다. 그러나 마음에 들
지 않는다. 살짝 교정을 했다. 대나무 수액을 몇 방울 더하고 어
린 생죽순을 채로 썰어 술병에 투하한 것.

"동파육 나왔습니다."

주희와 함께 들어선 윤기가 요리의 완성을 알렸다.

"……?"

세팅이 끝나자 한국 외무장관과 차관보의 눈자위가 일그러졌
다. 동파육 때문이었다. 색감은 기가 막혔다. 문제는 대나무 끈
과 크기였다. 십자로 묶인 두부 한 모 크기의 동파육. 그대로 나
와 버렸다. 그 흔한 가니쉬나 초록 청경채조차 없었다.

황당.

그들의 표정이었다.

게다가 죽엽청주의 병은 이미 개봉이 되었다. 무례하다. 이건

싸구려 술집에서도 일어나지 않을 일이었다.

"제대로 된 죽엽청주를 구했는데 만든 지가 좀 되었습니다. 맛을 보시고 결정해 주시면 고맙겠습니다."

윤기가 죽엽청주 시음을 권했다.

'맙소사.'

차관보의 각막에 지진이 일었다. 상표를 보니 무려 20여 년이 지난 술이었다.

무성의하게 나온 요리와 해묵은 술.

결례가 이만저만이 아닌 상황.

"셰프님."

차관보는 아찔했지만 윤기 시선은 장비우에게 꽂혀 태연했다.

"……."

장비우는 바로 마시지 않았다. 물끄러미 잔을 바라보고 있다. 술 냄새를 음미하는 것이다. 하얗게 질린 건 차관보였다. 장비우가 자리를 떨치고 일어서도 할 말이 없었다. 그러잖아도 마지못해 와 준 방한. 혹 떼려다 혹 붙일 판이었다.

그런데.

윤기는 아무런 흔들림이 없었다. 불안한 기색조차 없는 것이다.

그때 판신위와 후단단을 태운 차량이 들어왔다. 아이들 소리가 왁자지껄 정원에 울려 퍼진다. 그러자 장비우의 시선이 술잔과 가까워졌다. 술이 그의 입으로 들어갔다.

"으음……."

음미는 길었다. 장비우의 체취는 풍후한 편이었다. 기름지고 고소하다. 어떻게 보면 딱 동파육 냄새였다.

"송 셰프님."

목젖이 출렁거림과 동시에 장비우가 입을 열었다.

"예."

"이 죽엽청주… 행화촌의 것인데 행화촌 맛이 아니로군요?"

"제가 좀 교정을 했습니다."

"교정이라고요?"

"오래 묵어 그런지 전하는 맛과 좀 달라서요."

"다르다? 어떻게요?"

"본래의 죽엽청주는 대나무 숲에서 나는 물과 섞어 마시지 않았습니까? 그런데 향을 맡아 보니 여기 들어간 물은 대나무 숲과 너무 먼 느낌이었습니다."

"……?"

"그래서 대나무 수액과 함께 어린 생죽순을 대나무 칼로 썰어 안에 넣었습니다. 주인 허락 없이 병을 딴 것은 졀레이오나 동파육의 맛을 살리기 위한 것이니 해량을 바랍니다."

"동파육?"

장비우의 시선이 동파육으로 향했다.

"이 또한 소동파식으로 냈습니다. 본래는 먹기 좋게 가지런히 잘라 드리지만 요리는 분위기도 한몫을 하는 법. 해서 당시처럼 대나무 끈으로 묶은 채로 냈습니다."

"당시?"

"소동파가 이걸 만든 이유는 주민들에게 주기 위한 것 아니었습니까? 가져가기 편하게 한 모씩, 대나무나 짚 끈으로 묶어 나누어 주었죠. 그대로 표현해 보았으니 무례가 되지 않았기를 바랍니다."

"……?"

"그러나 뭐니 뭐니 해도 맛이겠죠? 일단 맛을 보시면… 만약 소동파의 맛에 가깝지 않다면 다른 요리를 올리겠습니다."

윤기가 접시를 밀었다. 그러자 동파육이 살짝 흔들리며 풍미가 퍼져 나갔다. 원래도 풍미가 좋은 동파육. 닥나무 열매 덕분에 업그레이드되었으니 고소하기가 그지없었다.

그게 장비우의 후각을 자극했다. 실무자가 대나무 끈을 풀어 내려 하자 장비우가 막았다. 끈은 그 자신이 직접 잘랐다.

동파육은 여섯 조각으로 커팅했다. 큼지막한 하나가 장비우의 입으로 들어갔다. 먹성도 박력이 넘친다. 그의 배포가 엿보이는 식성이었다.

꿀꺽.

"……?"

동파육을 넘긴 장비우의 표정근이 살며시 커지기 시작했다. 동시에 윤기의 표정도 부드럽게 변했다.

빙고.

윤기 마음이 외친 소리였다.

표정근이 커지는 건 좋다는 뜻이기 때문이었다.

"허어."

장비우의 고개가 갸웃 돌아갔다.

"어떻습니까?"

윤기가 물었다.

"잠깐만요?"

장비우가 하나를 더 시도했다. 이번에는 조금 오래 씹었다.

"이 비계… 이처럼 부드럽다니… 그냥 미각을 무장 해제 시키는군요. 그 뒤에 이어지는 살점의 향은 차라리 맛 폭탄입니다. 씹을 때마다 결결이 풀어지는 향신료의 깊고 은은한 맛, 흡사 천계의 향처럼 너울거리니 호수 위를 지나간 배가 남긴 물결처럼 여운이 깊고 넓습니다."

"입맛에 맞으니 다행이군요."

"소동파식… 믿기지 않는군요. 1시간도 되지 않아 이런 맛을 구현하다니?"

"그걸 알아주시는 장관님의 식견과 미식이 탁월한 덕분입니다. 진미를 모르는 분이었다면 화를 냈을 것입니다."

"이런 식의 동파육을 본 적이 있었습니다. 10여 년 전, 주석님이 초빙한 동파육의 대가 셰프였지요. 황주에서 온 노인이었는데 딱 이 스타일이었습니다. 그때 주석님이 말하더군요. 중국을 통틀어 그를 능가할 동파육은 없다고. 아쉽게도 2년 후에 셰프가 죽어 저는 맛을 보지 못했지요."

"요리의 인연이 돌고 돌아 저와 장관님께 머물렀군요."

"어떤 비결일까요?"

"레시피 말이군요?"

"셰프의 노하우를 물으면 실례일까요?"

"아닙니다. 레시피를 숨기는 사람은 훌륭한 셰프라고 하기 어렵습니다. 레시피는 하나의 기준일 뿐이니까요."

"특별한 향신료를 넣었나요? 동파육이 비단결 같고 은은한 향은 배 속에서도 너울거리고 있으니……."

"너무 평범해서 밝히기 그렇습니다만 원하시니… 보다시피 대나무 끈으로 묶고 닥나무 열매 몇 알을 추가했을 뿐입니다. 나아가 소스를 만들 때 비계를 조금 추가했고요."

"그것뿐입니까?"

"소동파의 당대에는 황궁의 요리사들도 지금처럼 다양한 향신료를 구하지 못했습니다. 팔각과 계피, 정향 등이 전부였죠. 하지만 소동파는 지혜로운 데다 주민을 사랑하는 사람이었으니 달리 궁리를 하지 않았을까 싶었습니다. 어쩌면 흔한 닥나무 열매를 알아보았겠지요. 이게 들어가면 고기가 쉽게 삶아지고 맑은 향을 더해 주거든요. 게다가 대나무 역시… 오래 묵으면 고기를 부드럽게 만드는 역할에 맑은 향을 더해 줍니다. 그 둘의 마음을 더하니 동파육이 감춰 둔 맛을 허락한 것입니다."

닥나무는 중국에도 흔하다. 대나무는 더욱 그렇다. 그걸 연결해 맛으로 구현했으니 설득력이 있었다.

"으음, 의미심장하군요."

장비우의 반응이었다. 마지막 말은 윤기의 바람을 담은 말이었다. 외교는 쉽지 않다. 그러나 어차피 만난 자리니 서로 결실이 있기를 바랐다.

"그럼 부디 좋은 시간 되시기를 바랍니다."

인사를 남기고 물러났다. 윤기가 낄 자리도 아니었고 판신위와 후단단이 왔으니 그들 패밀리를 맞아야 했다.

"송 셰프."

나가는 윤기를 장비우가 불렀다.

"예, 장관님."

"고맙습니다."

장비우가 웃었다. 그걸 본 차관보가 안도의 숨을 쉬었다.

"셰프님."

윤기가 입장하자 샤오펑이 먼저 일어섰다. 두 손을 배꼽에 댄 채 가지런히 인사를 한다. 메인 벽 뒤의 공간이다. 문을 닫으면 독립 공간이 되니 외교 정찬의 모습은 보이지 않았다.

"고맙습니다."

또렷한 인사말도 잊지 않는다.

"애들이라 그런지 회복도 빠르네요. 아무렇지도 않대요."

후단단의 설명이었다.

"그러잖아도 샤오펑의 의견부터 물었거든요. 셰프님 요리 먹으러 갈까 했더니 뭐라는 줄 아세요?"

"……?"

"펄쩍 뛰며 가자는 거예요. 걱정하던 장 부장께서 웃을 정도였다니까요."

"다행입니다."

"셰프님을 만난 게 행운이었죠. 만약 다른 곳이었다면… 생각만 해도 끔찍해요."

"다시 히틀러 영계를 드신다고요?"

"우리 샤오펑이 그걸 먹겠다네요. 저도 그새 중독인지 또 먹고 싶고……."

"판신위 님은요?"

"저는 루이 14세의 요리를 먹고 싶어요. 와인도요."

"준비해 드리죠."

예의를 갖추고 물러났다. 메인 테이블 쪽에서는 웃음소리가 나오고 있었다. 장비우의 웃음소리가 크다. 좋은 요리와 그 맛을 살려 주는 술. 마음이 열리는 모양이었다.

증거가 바로 나왔다.

"셰프님."

순지가 윤기를 불렀다. 차관보의 호출이었다.

"장 부장님께서 삼불점도 가능하냐고 하십니다."

차관보가 물었다.

삼불점.

의미심장한 오더가 나왔다.

[계란이면서 계란이 아니고, 가루 요리면서 가루 요리가 아니며 소금을 넣은 것처럼 보이지만 먹으면 달달하고 그릇에도 이빨에도 붙지 않는 요리.]

느낌이 좋다.

오더를 접수하고 준비에 들어갔다. 이 요리의 포인트는 잘 젓는 데 있었다. 성심껏 젓다 보니 매끈한 덩어리에 광채가 나기 시작했다.

"송 셰프님."

삼불점 세팅은 주희가 했다. 장비우가 그 뒤의 윤기를 바라보았다.

"삼불점의 유래도 알고 계시겠지요?"

"예."

"좀 들을 수 있을까요?"

"알겠습니다."

윤기가 유래를 설명했다. 시어머니의 허무맹랑한 요구를 삼불점으로 승화시킨 이야기였다.

"제대로 알고 계시군요."

"……."

"제가 이 요리를 시킨 이유가 있습니다."

장비우가 말을 이어 갔다.

"회담이면서 회담도 아닌 이 자리, 처음에는 저도 좀 깔깔했는데 서로 흉금을 터놓다 보니 일치점이 있었지요. 까칠한 소금 맛인 줄 알았는데 달달한 삼불점처럼 오해는 풀고 이해는 가까워졌기에 의미가 상통하는 이 요리로 마감을 했으면 하는 마음으로 주문을 했습니다."

장비우의 발언은 삼불점의 맛보다도 달달했다.

[히틀러의 초콜릿 영계]
[머리에 고기를 넣은 양송이]
[뱀장어 파이]
[면을 곁들인 송아지 안심구이]

판신위와 후단단을 위한 요리를 진행했다. 안심구이에는 한 입 분량의 국수 두 덩어리를 곁들였다. 물론 그냥 국수는 아니었다.

"와아."

지켜보던 창혁이 혀를 내둘렀다. 영계의 배 속으로 들어가는 초콜릿 때문이었다.

"지구에는 지구인 숫자만큼의 식성이 존재하니까."

윤기가 웃었다.

"그래도요. 저는 못 먹을 거 같아요."

"재미는 있잖아?"

"그건 그래요."

"호불호의 외줄을 타는 것도 참신함이 될 수도 있어. 독특한
미각의 소유자들에게는 말이야."

"민트초코처럼요?"

"또 뭐가 있을까?"

"피자에 구운 파인애플을 때려 넣은 하와이안 피자요?"

"이건 어때?"

윤기가 색다른 재료 조합을 들어 보였다.

"파스타요?"

"이름하여 누텔라자냐."

"누텔라자냐?"

"리코타 치즈 크림과 헤이즐럿 스프레드 누텔라, 로스팅해서
조각낸 헤이즐넛, 초콜릿을 파스타 사이에 넣고 밀푀유처럼 충충
으로 쌓은 후에 체리와 구운 마시멜로를 가니쉬로 올릴 거야. 후
단단 모자에게 서비스로 낼 건데, 어때?"

"완전 칼로리 폭탄이잖아요?"

"초콜릿 영계는 어떻고?"

"……"

"한 번쯤은 괜찮아. 게다가 모자는 오늘 기분이 좋고……."

"셰프님."

"마시멜로가 오븐에서 나오면 맛보여 줄게."

대화를 끝낸 윤기, 요리에 집중했다.

"와아아."

다시 세팅된 초콜릿 영계. 그걸 본 린펑과 샤오펑이 환호를 했다.

"우리 가족들, 셰프님 요리에 단체로 중독되었나 봐요."

후단단도 배시시 접시를 당긴다. 초콜릿과 닭의 배합, 정말 좋아하는 모양이었다.

"이건 서비스인데 입에 맞을 것 같습니다."

윤기가 누텔라자냐를 내려놓았다.

"우왓, 맛있어 보인다."

샤오펑이 먼저 포크를 들이댔다.

"엄마, 무지하게 맛있어."

역시나 환호한다.

"너무 좋은데요?"

후단단도 광대가 터질 지경이다. 세상에는 유전자 안에 단맛이 가득한 사람들이 산다. 아마도 후단단 모자도 그쪽이 틀림없었다.

하지만 창혁은?

"창혁이 어디 갔어?"

주방으로 돌아온 윤기가 순지에게 물었다.

"화장실 가던데요?"

순지의 답을 들으며 작은 테이블을 보았다. 창혁의 몫으로 남겨 둔 누텔라자냐 한 조각, 한 입 먹은 흔적이 보였다.

"억, 우억."

불협화음이 끝나자 창혁이 돌아왔다.

"손님들은 대환영, 창혁이는?"

"저는 다시는… 한 입밖에 안 먹었는데 속이 아직도 니글거려
요."

창혁이 두 손을 내저었다.

"송 셰프님."

만찬을 마친 장비우가 윤기 앞에 섰다.

"뜻밖의 인연이었습니다. 우리 아이도 그렇고, 우리 아내도 저
렇게 행복한 모습이라니……."

"……."

"셰프의 이름을 오래오래 기억하겠습니다."

"감사합니다."

"셰프님."

장비우 옆의 후단단은 아직도 아쉬운 표정이었다.

"저희 또 올 거예요. 그때도 잘 부탁드려요."

"기다리겠습니다."

"고맙습니다. 셰프님."

후단단의 두 아이도 작별 인사를 잊지 않았다.

"셰프님, 덕분에 제 체면이 제대로 섰어요. 너무 고마워요."

마지막은 판신위였다. 그 모자에게도 정중한 예의를 잊지 않
는 윤기였다.

한중 만찬은 그렇게 끝났다. 분위기로 보아 좋은 결과를 얻은 게 틀림없었다. 윤기는 뿌듯했다.

"송 셰프님."

마감을 하려 할 때 차관보가 돌아왔다.

"볼일이 남았습니까?"

주방을 정리하던 윤기가 손의 물기를 닦고 나왔다.

"남았죠. 감사 인사를 제대로 드리지 못했습니다."

"회담은 잘되었나요?"

"아주요. 여러 차례 신경전에 줄다리기만 계속되었는데 이번에는 굉장한 진전이 있었습니다. 덕분에 교황의 방문도 편안해졌고요."

"중국 측에서는 반대였나 보죠?"

"우리가 협의 없이 진행을 했거든요. 그러다 보니 자기들을 패싱했다고 항의가 심했습니다. 그래서 남북 정상들의 행보가 편치 않았는데 그 오해가 풀렸습니다."

"다행이네요."

"장관님께서도 굉장히 고무되어 계십니다. '요리 외교' 한번 도입해 보자고 하더군요. 수십 년 전에는 미인계나 술자리 외교 같은 게 있었는데 그것보다 백 배는 나은 것 같다고……."

"힘이 되었다니 기쁩니다."

"덕분에 저도 면목이 제대로 섰습니다. 수술과 회복 때문에 업무 라인에서 밀릴 위기였는데 낭보를 올렸지 뭡니까?"

"네."

"저를 여러 번 도우셨습니다. 다시 한번, 진심으로 고맙습니다. 셰프님."

차관보가 고개를 숙였다. 윤기도 함께 예의를 갖추었다.

[요리사는 이 시대의 정신적 지도자]

[요리는 어떤 사상과도 소통이 가능한 촉매]

안드레아의 생각이 스쳐 간다.

그의 생각을 오늘 실천했다.

요리의 힘.

새삼스럽게 느껴 보는 밤이었다.

『요리의 악마』 7권에 계속…